CAMINHOS PARA A FELICIDADE

RUTE LOMBANO

Primeira edição
Osasco – SP

RUTE LOMBANO

EDIÇÃO DO AUTOR
AUTORA: RUTE LOMBANO

CAPITULO I

Eu era uma simples professora de historia e geografia, dava aulas num colégio de classe media alta num bairro de São Paulo, o meu período era o matutino, na parte da manhã dava aulas para 5º e 6º series e, no período
da tarde dava aulas para 7º e 8º series. Morava com meus pais e meus irmãos.

A vida não era fácil em matéria de dinheiro, o que eu ganhava dava muito bem para mim mesma e ajudar em alguma coisa o meu pai, contávamos com o pouco de dinheiro que o meu pai tinha da aposentadoria e com eventuais empregos do meu irmão, isso quando ele conseguia trabalho como balconista. Assim dava para viver na modesta casa deixada de herança da minha avó. Eu não tinha tempo para pensar em namorar apesar dos meus vinte e seis anos completados naquele ano, a vida passava assim; eu era apaixonada por um professor que trabalhava na mesma escola que eu, era o meu grande conselheiro e amigo. Henrique dava aulas de inglês no período da tarde e noite, seu irmão tinha uma escola para crianças especiais, assim ele se ocupava quando não estava dando aulas, ficava por lá todas as manhas, dando aulas, ele adorava isso. Para minha decepção ele era apaixonado por outra professora, eu não conseguia esquecê-lo e nem tão pouco me declarar, eu era muito covarde quanto a esse sentimento, me apaixonei por ele assim que o conheci, um homem muito gentil, maravilhoso em muitos aspectos, era honesto, inteligente, bonito até demais.

Eu sempre tive essa carência de afeto por ter me dedicado por demais na minha profissão na qual eu era apaixonada. Mas deixei me levar por esse sentimento não correspondido.

Aquele dia de verão a aula estava bem animada, com o teste de conhecimentos gerais que estava aplicando na sala de aula. Os alunos se interessavam pelo jogo de perguntas que fazia, era tudo uma brincadeira, mas séria, pois valia nota. O assunto estava girando em torno da prisão de Napoleão Bonaparte, e sua derrota em Waterloo e, todos os outros homens que se aventuraram a conquistar o mundo. Todos na sala estavam envolvidos, davam suas opiniões, com a discussão e a brincadeira a aula ficava mais dinâmica, os alunos adoravam a aula, o que antes era só nota baixa agora eram as melhores notas de todo colégio. Modéstia à parte, todos me adoravam, desde os alunos até o diretor, que depositou em mim a máxima confiança. Eu era realizada na minha paixão, a profissão, podia dizer que era o meu marido, meu amante, companheiro e tudo na minha vida, vivia apenas para dar aulas.

Com o termino da aula, fui direto para o pátio como fazia sempre, levava meus três alunos para pegar seu transporte escolar, ficamos parados esperando a "tia Ana Júlia" como era conhecida.

_O que será que aconteceu com a Ana Júlia que não aparece? – Perguntava mais para mim mesma do que para os alunos.

_Ela nunca se atrasa. - Disse Angélica, uma menina loira de olhos verdes cheia de sardas no
rosto.

_Professora, - Chama minha atenção Leonardo, o Léo, como chamamos - tem um senhor ali na
cantina que eu nunca vi aqui antes, porque não perguntamos para ele.

_Boa ideia – Dizia me dirigindo até ele.

Não fazia ideia de quem seria, nunca o tinha visto antes por ali, era um senhor de barbas com alguns fios brancos, os cabelos começando a embranquecer ao pé da orelha, parecia um conjunto emoldurando o rosto, achei sua aparência estranha, cheguei até ele que tomava um café e perguntei:

_Desculpe senhor, mas por acaso viu uma perua amarela com um gatinho rosa pendurado no retrovisor, e uma senhora alta e magra no volante?

_Não vi não. Mas a perua que você fala está parada ai na frente.

_Então a Ana Júlia está por ai. – Disse olhando o pátio.

_Você é a professora Lorena?

_Sim, sou eu. Por que?

_Prazer, - Disse me estendendo a mão. – eu sou o Fábio e vou ficar por enquanto no lugar da Ana.

_Ah é? Por que não me avisaram antes?

_Desculpe, acho que o erro foi meu, eu não sabia onde era a sua sala para poder avisá-la.

_Ela não lhe disse que sempre trago os alunos para o pátio? Ele sorria, eu não sabia porque.

_Desculpe-me, de novo. Ela me falou sim.

_E porque nos deixou esperando? – estava nervosa, pois ia me atrasar para o almoço.

_Estava te observando.

_Mas que graça! O senhor me acha com cara de quê? – Digo visivelmente zangada com a atitude dele.

Ele demora um pouco para responder, olhando e sorrindo para as crianças, depois me encarando, com toda naturalidade diz:

_Desculpe, eu não quis te ofender.

_Eu tenho mais o que fazer meu senhor, com licença. – Dou adeus às crianças e me retiro – Crianças, esse senhor vai levar vocês, ele está no lugar da tia Ana Júlia Até amanhã.

_Até amanhã professora. – Respondem

_Eu o conheço professora.- Diz Angélica olhando para ele.

_Ainda bem, assim fica mais fácil.

Sai em direção à sala dos professores, olhando para trás vendo os sair pelo portão. "Abusado".Pensava achando aquele homem arrogante e pretensioso, "estava me observando. Quem ele pensa que é? Petulante". Peguei minhas coisas e sai para almoçar, estava faminta.

_Aconteceu alguma coisa Lorena? – Perguntou o Henrique entrando na sala. Sorri para ele tentando disfarçar.

_Tudo bem, já passou.

_Com você esta sempre tudo bem, não é? "É que você chegou", Pensei comigo.

_E por que haveria de ficar de outro jeito? – Respondo, adorava ver o seu olhar brilhando ao brincar comigo, adorava o seu sorriso, adorava tudo naquele homem.

_A sua vida é tão difícil, cuidar da sua mãe que está na cadeira de rodas, tem o seu pai e ainda os irmãos menores. Cuidar da casa, trabalho em dois períodos, nossa...- Dizia ele sentando. -...ufa! até cansei.

Queria ficar ali ouvindo ele falar sobre mim o dia todo, me limitei a responder.

_O que posso fazer? São meus pais, eu os adoro, é minha obrigação cuidar deles.

_Você tem razão, mas não sobra tempo para você. Desde que estou aqui eu ainda não te vi com um namorado. – Ele me olhava com um olhar desconfiado, o sorriso no canto da boca era bem charmoso, isso me derretia.

_E eu tenho tempo?

_Você precisa pensar um pouco em si mesma e consegui um bom casamento.

_Você acha que esta sendo fácil? Os homens de hoje em dia não querem casar.

_Eu quero e se Deus quiser logo. – Falava pegando a carteira e colocando no bolso da calça. – Assim eu saio daqui, vou me dedicar somente à escola com o meu irmão. Que por sinal esta crescendo, agora somos sócios.

_É mesmo? – Digo sem saber o que sentia.

_Meu irmão disse ontem que temos quarenta alunos, que já podemos dividir a turma em duas. – Falava todo feliz. – Agora vou poder ter dinheiro suficiente para manter uma esposa e bancar um casamento.

_Que bom para vocês.

_Vamos almoçar?

_Vou sim, mas vou esperar pela Renata que ainda não chegou.

_Então eu espero também. Assim almoçamos nos três.

Logo que ela chegou percebi que ele a olhava diferente, cobria-a sempre de elogios exagerados.

Fomos os três almoçar para logo mais recomeçarmos a aula do período da tarde.

CAPITULO II

Henrique estava no lugar da professora Dora que estava de licença maternidade. O almoço como sempre foi bem divertido, ele sabia como deixar o ambiente bem agradável e ter conversas variadas. Henrique estava sentado ao lado da Renata, eu de frente para os dois, como sempre ele conseguia sentar ao lado dela. O meu amor por ele não era segredo para ninguém na escola, ou quase ninguém, Henrique não sabia mesmo ou ignorava totalmente esse meu sentimento, Marta era a diretora e dava até apoio ao meu romance, mas, ele sempre deixou bem claro que era uma grande amizade e nada alem disso, até quando me disse que não confundia amizade com trabalho, o que senti uma tremenda direta. O coração dele tinha dona, deixou isso também claro para mim.

E eu também sabia quem era, desde que ela chegou na escola, Henrique deixou isso claro para todos e especialmente para mim. Como poderia alimentar um amor desses? Fazia-me essa pergunta todos os dias. Olhava para eles e sabia que era por causa da minha classe social, eles eram de classe media alta, não via motivos para ser de outro jeito, tentava demonstrar todas que todas minhas qualidades compensavam isso, não que isso adiantava alguma muito. Renata tinha tudo ao seu favor, alem de ser muito bonita, olhos esverdeados, que ele vivia elogiando, aliás, ele enfatizava isso muito bem.

◆ ◆ ◆

Sai antes deles, no caminho de volta para a escola escutei uma buzina insistente, olhei e para minha surpresa era o "tal Fábio da perua". "Que velho safado esse". Pensei ao vê-lo sorrindo para mim quando passou, "se ele pensa que estou gostando vai cair do cavalo". Fiquei muito zangada com a atitude dele.

Na sala de aula esquecia tudo o que ficava lá fora, era o meu mundo particular que não dividia com ninguém. A classe tinha trinta alunos pré-adolescentes, tinham de ser tratados como tal. Uma das coisas mais raras era algum aluno meu faltar ou cabular aulas, entrei logo na sala dizendo:

_Boa tarde pessoal.

_Boa tarde professora.

_Bom tenho algumas novidades muito boas para vocês. – Parei de falar apenas para ver a reação deles – Eu gostaria que vocês anotassem o nome de alguns livros. Vamos tentar ler todos esse semestre. – Escrevi o nome dos livros na lousa para eles. – Neste semestre, vamos fazer diferente, não teremos provas, - o aplauso foi geral – calma pessoal. Vamos trabalhar em cima dos livros, vamos discutir, faremos seminários e mural no pátio, se der vamos fazer uma peça de teatro.

O alvoroço na sala foi geral, todos aprovaram a ideia Eu lia um pouco da historia do Brasil para a sala, todos prestavam atenção porque logo eu chamaria e poderia ser qualquer um, e se não estivesse prestando atenção não ganharia ponto positivo. Assim eu ganhava a atenção deles, todos discutiam, a hora passava bem rápido, logo veio a aula de geografia e foi tão alegre quanto à de historia, no final do dia fui embora com pressa para chegar em casa. Não tinha muito tempo para descansar, apenas tirei a roupa que estava e comecei a arrumar a casa enquanto minha irmã me ajudava a preparar o jantar, eu nem desconfiava que o Fábio tinha me visto chegar em casa quando passou em frente de casa para deixar alguns alunos em casa.

O cansaço era tanto que após tomar banho e deitar pequei no sono, na manhã seguinte estava de volta a escola, quando eu entrava vi as crianças vieram logo me cumprimentar, eram beijos, maças brilhantes, bilhetes demonstrando carinho, eram minha maior alegria, na sala após fazer a chamada comecei a sentir falta de uma de minhas alunas preferidas, desde que chegou na sala me afeiçoei a ela, suas ideias eram boas, excelente aluna, sentia que ela necessitava de carinho e afeição, assim nos tornamos amigas, estas intrigada com o seu não comparecimento nas aulas, às vezes chegava a ficar três dias sem vir à escola, olhei o livro de chamada e fazia uma semana que ela não aparecia.

_Alguém sabe alguma coisa sobre a Martinha? – Olhei para os alunos que balançavam a cabeça negando saberem.

_O "tio da perua" deve saber professora. – Disse o Léo

_Aquele velho barbudo que leva vocês?

A classe ria do meu modo de falar do Fábio.

_Sim. Semana passada quando estava chovendo a "tia Ana Júlia" foi até a casa dela, deu uma carona para a Martinha, e ontem o "tio Fábio" me levou até a casa dela para passar as matérias.

_E você não sabe porque ela não esta vindo na escola?

_Não, o pai dela não deixou eu falar com ela, apenas pegou o caderno e fechou o portão na minha cara, eu nem cheguei a vê-la.

_Muito bem. Então você me passa o endereço dela que eu vou lá pessoalmente.

_Eu não sei muito bem, acho melhor pedir para o "tio Fábio".

Mesmo não querendo falar com aquele senhor, eu não via outro jeito de chegar na casa da minha aluna. Continuei a aula normalmente.

_Vamos continuar o trabalho sobre o "Tratado de Tordesilhas", que dividiu o mundo em dois, com uma parte ficando para Portugal e outra para a Espanha...

Como fazia sempre, eu levava as crianças para o pátio, é claro que aquela boa ação tinha um propósito, era a hora que o Henrique chegava, ele sempre passava pela cantina para tomar um café e, comprar alguns doces. Como sempre chegava de bom humor, me enchia de beijos, não só eu claro, mas nas outras professoras também.

Quando chegou foi àquela alegria, brincava com os meninos que jogava bola dava sempre três beijinhos nas meninas, acariciava meu cabelo perguntando como tinha sido minha manhã, ele mudava e esquecia de tudo quando aparecia a Renata, que assim que a viu correu em sua direção.

_Eu não sei porque não desisto de uma vez por todas. - Dizia para mim mesma em voz alta.

_Disse algo professora? – Pergunta Angélica

_Não querida, estava falando comigo mesma. – Estava ficando impaciente com a demora do "tio da perua" que não chegava, viu um homem bem apessoado parado na cantina, do mesmo modo que o "tio" tinha ficado, olhei, achei que fosse pai de algum aluno, fui até ele. – Por favor! Desculpe incomodar, mas você não viu um senhor barbudo de óculos por ai?

_Não está me reconhecendo? – Disse ele

É claro que eu não estava reconhecendo, como eu poderia não reconhecer um homem tão bonito assim. Ele tinha na faixa de uns quarenta anos, olhos azuis escuro, cabelo curto e alguns fios brancos, pele bronzeada, um corpo em forma, não tinha aquela barriguinha habitual de quem não faz nada, era bem alto e muito bonito. Eu o analisava dos pés a cabeça, até que sorri e disse:

_Já sei, você é filho do senhor Fábio..

Ele sorria, um sorriso bonito que demonstrava seus dentes brancos e perfeitos.

_...têm certa semelhança vocês dois. Na voz, não na aparência, claro.

_Ele continuava a sorri, até que disse:

_Não sou o filho dele não. Sou o próprio.

_O quê? Que...- Para dizer a verdade fiquei estarrecida, sem consegui articular uma única palavra com nexo. – Você... está...- parecia uma boba perto dele. - ....tão diferente.- consegui finalmente terminar a frase.

_É imagino que sim. – disse sorrindo.

Naquele momento fechei a cara totalmente mudando de atitude.

_Outra vez me fez de boba, não foi? Deixou-me plantada, sem dizer nada!

_Calma, eu só quis lhe fazer uma brincadeira.

_Eu não sou criança meu senhor, me trate com respeito. – sai de perto dele me aproximando das crianças. – Podem ir com aquele homem ali crianças.

_Quem é ele professora?

_É o "tio da perua".

_Nossa como está mudado, nem parece ele.- Disse Angélica

_Até amanhã crianças.

_Até amanhã professora.

Assim que vão embora eu me lembro que não pedi o endereço da Martinha, vou até o portão, mas já não estavam por lá, fiquei parada encostada na parede pensando, "não ligo se é bonito ou não".

Os dias passavam bem rápidos quando tudo estava bem, finalmente chegou à hora de ir para casa, o Henrique conversava tão animadamente com a Renata que nem ouviu quando me despedi deles, apenas ela me acenou, no caminho de casa passei no mercado, fiquei algumas compras. Na porta de casa encontro meu irmão.

_Chegando tarde hoje. – disse ele

_Passei no mercado primeiro, acabaram algumas coisas que a mãe gosta e eu trouxe. E o seu dia como foi?

Ele ficou calado, logo meu pai veio nos receber, minha irmã Isabel estava na cozinha preparando o arroz. Deixei as compras na mesa, meu pai guardava tudo, minha mãe estava na sala assistindo televisão.

_Oi mãe. Como esta passando hoje?

Ela respondia com um sorriso meigo, e com a mão me puxava para um beijo no rosto. Dirigi- me até o quarto do meu irmão, sabia que algo tinha acontecido com ele. Estava na cama sentado pensativo.

_O que aconteceu mano? – Pergunto sentando ao seu lado.

_Fui mandado embora. – Disse todo triste

_Sério? E por que?

_Um gerente que não vai com a minha cara, ele pegava no meu pé direto, um tremendo de um palhaço, que se acha o tal.

_Edu você não contou ao pai?

_Não. Eu não sei como dizer. Amanhã vou sair para procurar outro.

_Você acha que vai ser fácil? É o que dá não terminar os estudos. – fiquei zangada. Porque não vai fazer um supletivo?
_Lá vem você de novo com essa história.

_É lógico que eu vou bater sempre nessa tecla, se é difícil para quem tem estudo, imagina para quem não tem?

_Olha quem fala! – Ele aumenta o tom de voz levantando da cama – Estudou tanto e dá aulas para os filhos dos ricos. Ganha pouco que mal da para você mesma. O que adiantou os seus estudos?

_Eu não estudei para ficar rica. E se eu não tivesse estudado onde eu estaria trabalhando agora?

Na lojinha do bairro? No mercado do seu Abel? Eu não teria uma profissão.

_Ainda fala de boca cheia profissão.

_Ao menos eu tenho uma.

_Tudo bem, agora eu vou comer que estou com fome.

Meu pai era muito perspicaz, ele percebia logo de cara que tinha alguma coisa de errada com o Eduardo, ele estava calado na mesa do jantar, sempre foi muito brincalhão, nada foi dito do que aconteceu.

Na manhã seguinte, estava parada no ponto de ônibus e nada dele aparecer, ou qualquer outro, "vou chegar atrasado".Pensava quando uma perua escolar vinha na minha direção, para do meu lado, vejo os meus alunos e o Fábio na direção.

_Oi professora ainda esperando. – Disse o Léo que estava sentado no banco da frente.

_É o ônibus ainda atrasou. Vou chegar um pouco tarde hoje.

O Fábio que tinha descido da perua chega na minha frente dizendo:

_Estão em greve. – Ele abre a porta e coloca o Léo no banco de trás.

_Em greve? Eu não vi nada no jornal hoje de manhã.

_Estão sim, entra ai que eu te levo.

_Não tudo bem, eu não quero atrapalhar. Vou esperar um pouco mais ou vou de táxi.

_Deixa de orgulho, o ônibus não vai aparecer e os táxis hoje estão rodando com bandeira dois. Eu não via muitas expectativas de vinda do ônibus, o melhor era mesmo aceitar o convite dele.

Ele estava com a porta aberta apenas esperando eu entrar.

_Tudo bem, obrigada. – Aceitei porque entre nos dois tinha uma aluna.

_Não por isso. – Respondeu fechando a porta.

Estava totalmente consciente da presença dele e, ele da

minha, até podia sentir o olhar que às vezes ele me lançava, o volume da musica era baixo, tocava uma linda canção romântica.

Assim que chegamos, eu desço o mais rápido possível, vou correndo para a sala de aula.

_Conseguiu chegar? – disse a Tatiana me parando no caminho.

_Vim de carona e você?

_Eu também, vim com o Henrique que vai substituir a Fátima que não vai poder vir hoje por causa da greve.

_É ela mora tão longe.

_Eu não sei onde ela mora.

_Na Freguesia do Ó.

_Nossa, de lá para o Morumbi é bem longe.

_Onde está o Henrique. – Fui logo perguntando, estava ansiosa para vê-lo.

_Já está na sala. – Quando ia saindo ela continua segurando o meu braço. - Falava no celular com alguém bem importante. Porque a conversa parecia bem intima.

Sorri sem nada responder, não queria encorajá-la a fazer fofoca, já imaginava com quem ele tinha conversado. Assim que entrei na sala de aula vi na minha mesa um lindo buquê de flores em botão, eram botos-cor-de-rosa, muito delicadas.

_Nossa que flores lindas. – Peguei o buquê olhando para os alunos, vi a Martinha sentada no seu lugar de costume. – Oi Martinha, porque não estava vindo à aula?

_Professora eu queria conversar com a senhora depois da aula?

_Claro, querida e obrigada pelas flores não precisava.

_Mas, não foi eu professora.

_Não? Então quem foi?

_O "tio da perua" professora. – Disse o Léo – Eu que trouxe.

Deixei de lado, o encanto tinha chegado ao fim, voltei para os alunos.

_Obrigada Léo Agora vamos a aula. Todos leram os livros? – A confirmação foi geral – Muito bom, vamos a eles agora.

Fábio era um viúvo e dono da maior frota de peruas escolares, servia muitas escolas da região, com vários empregados, desde que perdera a esposa vivia para o trabalho e para os filhos, não tinha tempo para mais ninguém na sua vida. Com filhos adolescentes exigindo toda sua atenção. Sua vida começou a mudar quando substituiu a Ana Júlia, não tinha outro empregado para colocar no lugar, todos estavam trabalhando, teve que se deslocar do seu escritório para ocupar o seu lugar na perua. Um sentimento novo que não conseguia dominar foi mais forte do que ele assim que conheceu Lorena. Certa professora jovem e, idealista que todos os alunos eram apaixonados por ela. Adorava o jeito meigo e o seu carisma, mais o lhe chamou a atenção foi o caráter dela.

CAPITULO III

Um baque no seu coração solitário, ele não ligava com a sua indiferença, sabia que ela estava fugindo dele, que brigava com ele apenas para não dar o braço a torcer, pensou num jeito de quebrar o gelo daquela mulher com um lindo buquê de flores, podia sentir o perfume dela

no ar. Ela podia aceitar ou não, decidiu arriscar, sem pensar duas vezes, já sabia onde ela morava, mas não quis mandar flores para casa dela, seus pais podiam não gostar, achou que fosse muita intimidade e não quis arriscar demais um relacionamento que ainda estava engatinhando. Estava disposto a tudo para conquistá-la, e não mediria esforços. Às seis horas da tarde, apanhou as crianças, ficou parado esperando por ela no pátio da escola, quando a viu chegando com um rapaz, conversavam alegremente, ficou observando o jeito dela sorrir. Decidiu caminhar na direção dela, não soube identificar a fisionomia dela quando o viu.

Assim que sai da sala de aula, encontro com o Henrique, fomos juntos até a sala dos professores. Eu não desistia dele, procurava ficar sempre em evidencia, deixei bem claro para ele que não tinha como voltar para casa estava na esperança de que ele fosse me dar uma carona. Passei um batom nos lábios que sabia que ele gostava.

_Para quem está passando isso? – Perguntou ele sorrindo – Você é bonita, não precisa disso.

Sorri satisfeita em saber que ele me achava bonita, ele pegou sua bolsa e eu a minha e fomos juntos até o pátio, ao chegar vejo o tal Fábio vindo na nossa direção, fiz de tudo para ficar ao lado do Henrique dando a entender que eu ia com ele. Mas não adiantou muito.

_Oi. – Disse ele – Estava te esperando para levá-la para casa.

_Obrigada, mas não precisa, irei com ele. – disse sem pestanejar. Mas o Henrique que não sabia de nada foi logo tratando de dizer:

_Desculpe Lorena, eu não vou poder te dar uma carona. Eu não vou embora agora.

Olhei para ele com aquela cara de quem não queria essa resposta. Fiquei totalmente desanimada com a situação.

_Acho que você vai ter que ir comigo. – Falava ele me olhando com aquele sorriso de triunfo que odiava.

_Tudo bem. – Odiava tudo o que estava acontecendo, não sabia como lidar com aquela situação, me sentia totalmente impotente.

Ao me virar para me despedir do Henrique vi a Martinha sentada me esperando, fiquei tão envolvida com o ele que acabei esquecendo a menina.

_Me desculpe senhor Fábio, mas tenho que ir conversar com uma aluna. – Diz saindo rapidamente na direção dela. – Oi querida, desculpa a minha demora.

_Tudo bem professora, podemos conversar agora?

_Claro. – Virei-me para o Fábio – Me desculpe eu não vou poder ir mesmo com você, obrigada pela carona, eu tenho que ficar, vou com o Henrique depois.

Assim que terminei de falar lhe dei as costas e sentei em frente a ela. Fábio foi embora sem nada dizer.

_Agora minha querida, me diga o que esta acontecendo. – Coloquei a pasta junto aos cadernos dela, estava cabisbaixa, olhar triste, vi uma pequena e insistente lagrima rolando pelo seu rosto.

_Pode falar Marta, ninguém vai fazer nada. O que aconteceu?

_Eu não....vou poder....mais vir...para a escola..- dizia entre soluços.

_Por que?

_É o.....meu...pai...ele perdeu quase....todo seu dinheiro....

_Você esta me dizendo que não vai poder frequentar essa escola porque sei pai não tem como pagar, é isso? – Ela acenou que sim com a cabeça – Mas tem boas escolas municipais e estaduais, você não vai ficar sem estudar por causa disso.

_Eu sei, não é por isso....é que .- Enxugava as lagrimas para continuar – Ele está tão diferente professora   não é mais o mesmo pai carinhoso de antes.

_O que aconteceu para ele ter mudado assim?

_Não sei. Ele brigou comigo e com o meu irmão, me bateu professora, ele nunca tinha feito isso, agora faz isso todo dia, bateu na minha mãe por nos defender.

_Bateu no seu irmão Marta? Ele ainda é um bebezinho.

_Eu não vinha para a escola porque não conseguia andar.

_Meu Deus Marta isso é muito serio, temos que acionar a policia para ele, chamar o conselho tutelar, ele não pode te impedir de vir para a escola, se ele não pode mais pagar essa, então vamos colocar você numa outra que ele possa. Eu preciso falar com a sua mãe. Ela também não tem vindo nas reuniões.

_Acho que não vai ser possível professora.

_Por que?

_Ela não quer sair de casa, por causa do meu pai. Ele a ameaçou se falasse alguma coisa sobre o que aconteceu.

_Precisamos fazer alguma coisa, isso não pode ficar assim.

_Professora eu só contei porque eu precisava desabafar, e você é a única pessoa que eu confio.

_Marta, é preciso esclarecer uma coisa para você. Qualquer tipo de violência, tem que ser coibida. Eu não posso permitir que um homem bata numa aluna minha com tanta violência a ponto dela nem poder andar. Você tem que pensar em seu irmão, ele só tem dois anos.

_Eu sei, mas o que posso fazer?

_Ele tem que ser denunciado, fale com a sua mãe, se ela quiser,eu posso acompanhá-la até uma delegacia.

_Eu não sei o que minha mãe pode fazer.

_Ela denuncia seu pai, ele passa uma noite na cadeia até esfriar a cabeça e saber melhor como tratar a família.

Ela não responde, apenas enxugava o rosto molhado pelas lágrimas.

_Fale com ela tudo o que eu lhe disse, depois você me conta.

Enquanto falávamos as horas vão passando, percebo assim que ouço o sinal tocando para o inicio do horário da noite.

_Vamos, está tarde eu te levo para casa. – Chegamos ao portão – Seu Danilo, boa noite, pode abrir o portão para nós por favor.

_Pois não professora Lorena, boa noite e um bom descanso.

_Obrigada para o senhor também.

CAPITULO IV

Na rua, parado em frente a sua perua estava o Fábio, não soube ao certo se sentia alivio por ele está ali, porque ele poderia dar uma carona para minha aluna, assim eu não ficaria encarregada de levá-la, ou ficava
zangada por ele ser tão insistente. Ele foi chegando perto de nos e disse:

_Se quiser eu levo as duas para casa.

_Pode levar essa mocinha aqui por favor.

_Você não vem? – Pergunta

_Não. Muito obrigada seu Fábio eu vou de táxi mesmo.

_Tira esse "seu" por favor, é somente Fábio, e a carona é para você também, a hora esta bem avançada.
_Vem comigo professora, por favor.

Ela podia ter me pedido qualquer coisa que eu faria mas, isso para mim era demais.

_Obrigada. – Digo finalmente me dando por vencida. – Vou aceitar não por mim, mas por ela.

_É claro. – Fala Fábio sorrindo. Abriu a porta da frente onde sentamos nos duas.

Ele conversava com ela sem embaraço algum, quando a Marinha que conhecia o meu irmão Edu me perguntou:
_Eu não vi mais o seu irmão na lojinha da dona Maria?

_O Edu foi mandado embora pelo gerente, deve ter arrumado alguma confusão por lá. Esta tentando arrumar outro emprego, como não terminou a faculdade, fica mais difícil arrumar emprego. Por isso eu te falo para não desistir da escola, eu sofri para terminar a faculdade mas consegui.

_Entendi o seu recado professora.

_Você mora um pouco longe da escola, quem vem te buscar sempre?

_A minha mãe.

Ele retira um cartão do porta luvas do carro, entrega para ela.

_Se ela não poder levar ou trazer você para a escola me liga, ta bom?

_Muito obrigada. – Disse toda encabulada

Chegamos na casa dela, estava me despedindo dela quando ouvimos gritos vindo do interior da casa. Resolvi acompanhá-la até a porta, o Fábio fez o mesmo, toquei a campainha, a Martinha estava apreensiva, no seu rosto podia ver que ela sentia medo, ela apertava os cadernos, observava ela enquanto esperava alguém vir atender o portão.

_Fique calma, tudo vai dar certo. – Falava enquanto passava a mão gentilmente na cabeça da menina.

Ela estava tão nervosa que não respondeu, o portão foi aberto, o pai de Marta apareceu com ar carrancudo, estava completamente bêbado, pelo tom alterado da voz, Fábio ficou em alerta.

_O que faz aqui fora Marta? – Disse ele – Por que esta chegando agora? – Ela tentava falar atropelando as palavras, demonstrando todo o seu nervosismo. – Quem são vocês? O que ela aprontou dessa vez para que você viesse trazer. –Falava com aquele jeito típico de quem estava bem alterado no álcool.

Puxava ela pela camisa para dentro de casa, batia na cabeça, enquanto segurava seu braço.

_Por favor, ela não fez nada de errado, eu é que fiquei segurando ela um pouco mais.

Ele me olha com um olhar que eu poderia classificar como de "peixe morto", olhar lânguido, baixo, quase de olhos fechados.

_O...que...porque..a dona...a senhora....não tem o ...direito de...segurar a minha filha...- Tentava ele articular as palavras.

_Por favor não faça nada com ela.- Falo apreensiva com a atitude dele

_O...que..eu fizer não é da..sua conta. –Diz me empurrando, Fábio tomou minha frente tirando as mãos dele.

_Por favor senhor ela só está querendo ajudar.

_E quem é o senhor? Posso saber? Já pra casa menina. – Ele bateu o portão fechando e bateu na Martinha, eu empurro o portão com a mão e tomo a frente tentando impedi-lo de continuar a espancar a menina, ele quase acerta um soco no meu rosto, se não fosse o Fábio intervir, ele puxa ele segurando o seu braço, com todo aquele estardalhaço a mãe da menina aparece, abraça a filha dizendo:

_O que aconteceu Nestor? O que você esta fazendo com a menina de novo?

_O que...você quer mulher? Solta-me   ou...- Ele tentava falar indo para cima dela e cai no chão.

Eu vi uma mangueira de jardim encostada no portão, pego abrindo a torneira, dou um banho no cidadão, todos me olhavam atônitos com a atitude, o Fábio sorria.

_Ele precisava de um banho frio para curar a ressaca, vou fazer um café bem forte com um comprimido e colocar ele na cama.

O homem mais calmo, tentava se levantar com certa dificuldade, passa as mãos pelo rosto molhado.

_Eu vou me trocar. – Entra na casa

Marta vem correndo na minha direção e me abraça.

_Obrigada professora.

_Não por isso querida. – Digo mais calma – A senhora por favor não deixa bater nos seus filhos e nem na senhora, vá ate a delegacia da mulher e denuncie. Se quiser eu vou junto com a senhora.

_Muito obrigada Lorena, eu te agradeço, qualquer coisa eu te aviso.

_Não deixe mais a Marta faltar à aula, está indo muito bem, e isso pode atrapalhar os seus estudos. Ela que é boa aluna.

_Pode deixar vou fazer o possível.

_Ela me disse que vocês estão em dificuldade para pagar a escola.

_É verdade, mas eu consegui um emprego, ela vai continuar na mesma escola.

_Que bom! – Respondo vendo a alegria no rosto dela. – Então, te vejo na aula amanhã.

_E se, precisar de transporte, posso facilitar para vocês. – Diz Fábio entregando um cartão a ela.

_Obrigada a vocês.

Vou embora junto com o Fábio que sai rindo, olhei para ele dizendo:

_Do que você tanto ri?

_Como teve aquela ideia maravilhosa de jogar água no homem?

_Sei lá. foi uma reação de defesa, acho. Eu vendo aquele homem grande batendo em pessoas tão indefesas e eu sem ter com o que me defender ou impedir.

_Você foi incrível, muito inteligente da sua parte. Acabou com a discussão de uma forma bem radical.

_Espero que ele reflita sobre o que fez quando estiver com a cabeça no lugar.

_A bebida acaba com a vida e a sanidade de qualquer pessoa.

_É verdade.- Respondo olhando para frente. – Quero te agradecer por ter nos trazido aqui, e ainda por me levar para casa, não precisava eu...

_Precisava sim. – diz ele me interrompendo. – Eu não ia ficar sossegado sabendo que você esta na rua até a essa hora. E também porque não vi ninguém que fosse apanhar a menina, achei que era o mínimo que eu podia fazer.

_Não sei os seus motivos, e acho que não quero saber, - dizia quando ele para em frente a minha casa – Mas, muito obrigada mais uma vez.

_Eu ouvi vocês conversando, e você dizia que o seu irmão esta desempregado. Estou precisando de pessoas para trabalhar. – Ele falava enquanto pegava um cartão me entregando – Peça para ele vir me procurar.

Olho para o cartão e vejo o nome da empresa dele impresso no papel, quando vejo o nome fico de boca aberta olhando para ele.

_Fábio Monrrone? É você?

Ele sorri me estendendo a mão dizendo:

_Eu mesmo, muito prazer!

_Que coisa!

_Por que ficou surpresa?

_Você é bem conhecido, meu pai fala muito em você, mesmo não te conhecendo pessoalmente. Confesso que fiquei um pouco surpresa sim, bem me disseram que o dono dessa empresa era um velho. e no primeiro dia achei até que fosse verdade, desculpe, eu não associei você a essa empresa.

_E agora, como você pensa?

_Você não é tão velho quanto aparentava no primeiro dia que eu te vi. Com aquela barba, óculos tudo mais.

_Estou de lente de contato e já estava cansado daquela barba, é que eu não tinha animo e nem tempo para nada.

_Sei. – Falo enquanto abro a porta partindo. – Mais uma vez obrigada.

_Não por isso, estou a disposição.

Sem responder vou entrando, na porta de casa meu pai estava parado olhando e diz:

_Quem te trouxe filha?

_Um senhor que trabalha com transporte escolar. – Dei um beijo no rosto dele pedindo sua benção.

_Deus te abençoe filha. Ficou até mais tarde hoje?

_Estava conversando com uma aluna, depois fui deixá-la em casa. – assim que vejo minha mãe tão bem disposta àquela noite, dou-lhe um beijo pedindo sua benção.

A vida não estava fácil para ninguém, comigo não era diferente, dei um banho na minha mãe para que ela pudesse dormir, fiz o jantar, depois teria que cuidar de toda a cozinha, coloquei a roupa na maquina de lavar, e logo estendi, fui para o meu quarto pensando, "como vou ter tempo para namorar a vida desse jeito?" Mal coloquei a cabeça no travesseiro e peguei no sono, nem falei com o meu irmão aquela noite.

Nos dias que se passaram fui de carona com Fábio, os ônibus ficaram em greve por três longos dias, ficamos amigos, mas, eu fazia questão de mantê-lo à distância. Ele entrava de mansinho na minha vida sem que eu percebesse, quando eu dei por mim ele ficou amigo de meu irmão e o contratou para trabalhar com ele, ainda era um aprendiz para conduzir a perua. Primeiro ia ao treinamento todos os dias, e mesmo assim já estava ganhando o mesmo que ganhava na loja, e só depois é que ia ter um bom aumento de salário e conduzir sua própria perua.

Meu pai que o conhecia de nome agora o conhecia pessoalmente, passou a gostar dele e muito, fazia elogios rasgados a sua pessoa, minha mãe também era da mesma opinião. Apenas eu é que não estava gostando daquela aproximação. Pensava que a minha vida estava sendo invadida por ele, dizia para mim mesma que nada ia mudar. Mas quando cheguei na escola certa manhã, me deparei com um velho amigo, um ex-professor da escola, fiquei muito contente por revê-lo.

_Paquito! – Digo alegremente ao vê-lo. - Paco Ramon como vai você meu querido amigo? Ele me abraçou sorridente dizendo:

_Lorena minha querida que bom te ver também. Você está mais linda do que antes.

_Que isso, bondade sua. O que te trouxe ao Brasil?

_Eu não disse que nunca ia me esquecer dos amigos? Pois então, estou aqui. Ele falava e eu afirmava com a cabeça.

_Eu vim oferecer um trabalho de professor a um de vocês.

_Mas que maravilha, trabalhar na Espanha. Você se deu bem por lá.

_Modestia parte sim. Foi bom também ter casado com uma rica herdeira, ajudou bastante.

_Há isso ajuda e muito. – Comentou um dos professores.

_Eu fico muito contente. Bom já sabe quem vai ser o felizardo?

– Dizia sem intenção alguma.

_Bom eu contava com você.

Na hora fiquei muda, todos olhavam para mim, coloquei a mão na boca sem conseguir articular uma única palavra, jamais imaginei que ele fosse falar aquilo para mim.

_Eu? – Digo assim que recuperei a fala.

_É você. O salário é excelente eu garanto, casa também é por nossa conta. Pelo menos nos primeiros meses. Eu sei que você é boa professora, por isso estou lhe fazendo essa proposta. O que me diz?

_Eu...não sei....preciso assimilar o que você me disse. Estou. tonta.

_Muito bem, eu espero a sua resposta, também eu não quero que seja de uma hora para outra, pensa direitinho depois você me fala, eu não vou embora hoje, mas a resposta eu quero logo porque eu terei que ir visitar minha irmã que esta doente na Bolívia.

_Tudo bem eu lhe dou a resposta hoje.

_Então até o meio-dia.

_Até!

Ele beija o meu rosto se despedindo de todos e vai embora. Fiquei sem rumo, sentei para pensar no que eu disse ao Paco, como eu ia para longe e os meus pais o que eu faria? Fiquei contente com a proposta dele, comecei a comentar com os outros professores para ouvir varias opiniões.

_Ana para quem o Paco ofereceu emprego?

_Para o Henrique e a Tatiana.

_E por que o Henrique não aceitou?

_Você ainda não soube?

_Do quê?

_O Henrique pediu a Renata em casamento e, ela aceitou.

_Não é verdade...isso!

_É sim. Ainda bem que esses dois se acertaram. Eu não aguentava mais ser o cupido deles. E a Tatiana não aceitou porque tem filhos pequenos, a única aqui em condições é você amiga.

Eu perdi o chão naquela hora, fui até o banheiro esconder as lagrimas que insistiam em descer, lavei o rosto diversas vezes, não que isso adiantasse. Simplesmente sai fingindo que nada sabia, levantei a cabeça e segui para minha sala, não podia deixar o meu trabalho de lado, a minha decisão estava tomada. Ao meio dia deixei os meninos aos cuidados do Fábio e fui falar com o Paco que me esperava para almoçar.

Fábio estava gostando da aproximação com Lorena, sabia que ainda estava arredia mas, já estava progredindo, viu-a conversando com um rapaz moreno de cabelo liso, não o conhecia, ficou de longe ouvindo.

_Oi Paco! – Disse

_Oi Lorena, já se decidiu?

_Sim, eu aceito a sua proposta.

_Que bom! Fico feliz em ter você trabalhando conosco.

_Mas como você sabe vou ter que acertar tudo por aqui primeiro, eu ainda cuido da minha mãe e do meu pai.

_Eu sei, fique aqui até que tudo estiver resolvido.

_Eu sei que você precisa logo de um professor, e no Máximo uns trinta dias eu vou estar indo para a Espanha.

_Muito bem, vamos acertar todos os detalhes. – Dizia tirando uns papeis da sua pasta. – Essa é a sua passagem, quando for é só colocar a data e preencher, um adiantamento para você, o numero de casa está aqui, e da escola também. Quando for você me liga e eu vou te buscar no aeroporto.

_E onde vou ficar?

_Minha esposa tem uma pequena casa perto da escola, você pode ficar lá.

◆ ◆ ◆

_É o velho Paquito de sempre. Pensou em tudo não é?

_Modéstia parte eu sempre penso em tudo nos mínimos detalhes. Ele sorria ao me beijar.

_Eu já vou indom até mais.

_Até.

_Eu aguardo sua ligação.- ele sai para se despedir do pessoal da escola, eu vejo o Henrique vindo na minha direção.

_Quer dizer que você aceitou essa proposta maluca dele.

_Maluca por que?

_Vai deixar o seu emprego aqui que é seguro, todos te conhecem, perto da sua família, vai ter coragem de deixar tudo isso para ir para outro país onde você não conhece ninguém?

_Eu entendi o seu recado, mas acontece que não posso deixar passar essa oportunidade. Eu já decidi.

_Não há nada que eu possa fazer para você mudar de ideia?

Sorri para ele pensando "se você desistir da Renata para ficar comigo eu fico."

_Eu nunca terei outra oportunidade. Não como essa.

_Bom, eu nem devia estar te falando nada disso, você é maior de idade e deve saber o que faz.

Mas, eu falo como amigo. – Disse ele bem perto, eu não resisti, juro por tudo que há de mais sagrado que não fiz de caso pensado, segurei seu rosto num impulso e beijei, ele ficou tão assustado e não respondeu ao beijo. Abri os olhos que se encontraram com os dele, tirei as mãos do seu rosto e quando ia sair vimos a Renata nos observando, ele seguiu meu olhar e disse todo chateado:

_Renata espera por favor.

CAPITULO V

Ele saia correndo na direção a ela. "Meu Deus o que eu fiz. Nunca vão me perdoar." Sai em direção à sala de aula com o coração apertado, no final me dirigi à sala dos professores, a Renata estava sentada com um
livro na mão. Meio que sem jeito fui chegando perto dela.

_Re, será que eu poderia falar com você?

_O Henrique já me explicou tudo.

_Ainda bem, porque ele não teve culpa, eu é que não devia ter feito o que fiz. Queria muito te pedir desculpas pelo meu comportamento.

_Eu sempre soube dessa sua paixão por ele, acho que só ele não via ou não queria ver, tentei sair do seu caminho por que afinal de contas somos amigas, você sempre foi uma grande amiga quando eu precisava, eu jamais achei que eu fosse consegui competir com você.

_Sempre foi amizade...da parte dele.

_Eu soube disso depois quando ele me falou. Eu vou te confessar que sempre fui apaixonada por ele e que eu sou feliz agora sabendo que sou correspondida por ele.

_Pode ficar tranquila que eu vou embora para a Espanha, não sou nenhuma ameaça para vocês.

_Quer dizer que você aceitou a proposta do Paco?

_Aceitei sim, mesmo não tendo conversado com meus pais ainda.

_Espero que você tenha sorte Lorena, digo de todo coração.

_Obrigada Re. – Dizia abraçando a amiga. – Espero que sejam muito felizes.

_Nós já somos muito felizes.

Despedi-me dela indo embora em seguida, ainda estava um pouco constrangida com o acontecido, não queria encontrar o Henrique por nada desse mundo, mas não foi o que aconteceu, ele estava na cantina e eu tinha que passar por lá para ir embora, quando ele me viu tratou logo de ir para outra direção. Percebi naquele momento que ele não só fugia de mim como eu tinha perdido um grande amigo, por causa de uma bobagem minha em insistir naquele amor que não poderia dar certo nunca. Já na rua a brisa que soprava me dava um certo alivio, dei um passo em direção ao ponto quando vejo um carro e de dentro dele saia o Fábio.

_Onde está a perua? – Pergunto a ele que caminhava na minha direção.

_O seu irmão está com ela. Ele aprende rápido.

_E você confia?

_Claro, fui eu mesmo que lhe ensinei. Ele sabe o caminho.

_Sei, - Falo meio desconfiada – e o que você faz por aqui?

_Vim buscar você.

Olhei para ele não gostando da sua atitude, naquele momento eu queria ficar sozinha.

_Fábio o que você quer comigo? Não tem largado o meu pé desde quando nos conhecemos. O que você espera de mim?

_Eu amo você. – Foi dizendo sem rodeios.

Seus olhos estavam nos meus sem intenção de se desviar.

_Não sou mulher para você. – Digo logo sustentando o seu olhar.

_Por que diz isso?

Não sabia ao certo o que lhe responder, afinal o Henrique estava de casamento marcado com a Renata, eu nada podia esperar.

_Você não quer responder porque não sabe a resposta, não é? Apenas balancei a cabeça afirmando, ele não se deu por vencido.

_Eu nunca senti isso Lorena, é algo tão forte que não consigo mais controlar esse sentimento.

_Você vai apenas perder tempo comigo....

_Não acredito nessa possibilidade. – Ele coloca a mão sobre o meu ombro, por instinto eu recuo.

_Por favor Fábio eu preciso ir embora. Minha mãe precisa de mim.

_Eu sei mas, será que eu terei alguma chance no seu futuro?

_Essa pergunta, eu não sei como lhe responder. Porque....- Fiz uma pequena pausa decidindo se ia ou não dizer a ele a verdade. - eu vou embora para Espanha. – falei finalmente.

Ele me olha com certa tristeza e interrogação.

_Como assim vai para a Espanha? E os seus pais? Vai deixá-lo sozinho?

_Você quer saber de mais da minha vida! – Digo saindo em direção a ponto de ônibus, ele segura o meu braço me puxando para o seu carro.

_Eu lhe disse que vim te buscar não foi? Então, - Ele abre a porta do carro e me coloca dentro – você vai comigo.

Fico sem ação diante da determinação dele, que entra e dá partida, olhei para ele confusa, ele parecia zangado, estava com a fisionomia fechada, mesmo assim ainda era muito bonito. Fez todo o percurso em silencio, parou em frente a minha casa, abri a porta do carro saindo, mal fechei a porta ele sai em disparada, entrei atônita vendo meu pai na parado na porta.

_Aquele não era o Fábio? – Disse ele

_Era sim, sua benção pai.

_Deus te abençoe filha. E por que ele não entrou?

_Não sei pai. Acho que ele precisava ir embora.

Entrei logo pois, não ia ser tarefa fácil contar aos meus pais, a minha viajem para outro país. Meu pai foi contra a minha ida, minha mãe chorava apenas sabendo que mais cedo ou mais tarde eu partiria.

Contratei uma pessoa capacitada para cuidar da casa e da minha mãe, na escola as crianças não gostaram da ideia de terem uma nova professora, já estava acostumados com o meu jeito de dar aulas.

Fábio não veio falar comigo por toda aquele semana, eu sabia que ele era um bom homem, como dizia meu pai, de caráter firme e honesto, sabia ser justo com todos que trabalhavam com ele, não queria ficar com inimizade com ele e decidi ir conversar. Já estava tudo acertado na minha vida, a diretora da escola já estava com uma substituta para o meu lugar, o acordo foi muito bom para mim, tudo quase pronto para a partida, apenas a questão Fábio, é que não estava ainda resolvida, e não sei porque isso me incomodava e, muito. Cheguei na empresa vendo o Eduardo entrosado no trabalho, parecia que fazia isso há anos, ele ia ficar no lugar da Ana Júlia que o Fábio tinha substituído, ela não ia voltar mais a trabalhar por problemas de saúde. Estava sentada no sofá na sala de espera enquanto sua secretaria entrava para avisá-lo de que eu me encontrava ali, meu coração da um salto no peito ao ver à porta abrindo.

Fábio estava inquieto e triste, sabia que ia perder aquela mulher que estava amando mais a cada dia, gostava de sua sinceridade, sua meiguice, seu caráter, sua luta para dar um conforto à família, amava com todas as forças e seu ser. "Eu não posso deixá-la ir embora da minha vida assim sem ao menos te chegado." Pensava sentado no carro parado em frente a sua casa, quando seu filho chega da faculdade junto com a namorada e diz:

_Pai? – Olha para o filho e parecia não vê-lo – Tudo bem com você?

_Sim tudo bem! - Responde voltando a si - Onde está sua irmã?

_Em casa com a Larissa, eu vou levar a Camila para casa e não demoro.

_Tudo bem, mas não volte tarde.

_Tudo bem pai! A Patrícia quer sair pai você deixa?

_De jeito nenhum, diz a ela que não.

_Patrícia. - Ele grita para a irmã - Ouviu o que o pai disse?

_Sim senhor Carlos, eu ouvi.

Fábio entra na sua casa e mal olha a filha toda arrumada para sair.

_Tudo bem com você pai? – Perguntou

_Sim tudo bem. –Ele sai para o seu quarto.

Queria apenas ficar sozinho e pensar no que poderia fazer para não deixar Lorena ir embora ou a perderia para sempre. A tristeza tomava conta dele, não quis jantar na companhia dos filhos aquela noite, tomou seu banho e ficou no quarto escuro pensando nela. Tomou a decisão de não ir mais atrás dela e ia deixá-la tomar a decisão que quisesse sem forçar nada. Exatamente por esse motivo tinha posto o Eduardo no seu lugar, assim não teria que vê-la todos os dias, ficava no seu escritório, nada fazia ele mudar de humor, a saudade era grande, segurava-se para não ir até a escola só para vê-la, sempre perguntava dela para o irmão mas sem demonstrar interesse, não que conseguisse, Eduardo já há algum tempo desconfiava.

Aquela manhã estava cinzenta e fria como seu coração, tinha muitas coisas para resolver no escritório, pediu a sua secretaria Rose que não o incomodasse, teria que inspecionar algumas novas aquisições para sua empresa. Cinco novas peruas estavam na garagem, logo iam para as ruas, queria trocar toda a frota, ao abrir a porta para sua grande surpresa viu Lorena sentada, fechou a porta assim que disse "oi", "ela esta aqui meu Deus, obrigado." Dizia baixinho, abriu a porta novamente tentando aparentar calma.

Confesso que fiquei sem graça porque ele fechou a porta assim que me viu, achei que nada mais restava, estava decidindo ir embora, mas estava determinada a falar com ele, eu ia partir aquela semana e não queria que a nossa diferença prejudicasse meu irmão, que estava gostando muito do emprego.

_Pode dizer a ele que eu não vou sair daqui até ele me receber.- falei em tom alto para que ele ouvisse.

_Ele já sabe que você esta aqui, eu não sei se ele vai te receber porque não queria ser incomodado.

_Tente novamente por favor.

Ela pega o interfone e antes de dizer algo ele abre a porta novamente dizendo:

_O que você quer Lorena?

_Falar com você.

Senti certa frieza no tom de voz dele.

_Desistiu da ideia de ir para a Espanha?

_É sobre isso que eu queria falar com você.

_Então entre logo porque eu tenho muito o quê fazer hoje.

_Serei breve.

Ele abre mais a porta para que eu possa passar, assim que entro, ele fecha a porta sem perceber com a chave. Eu fico parada perto dela.

_Pode falar que estou ouvindo. – Ele tentava transmitir uma indiferença que não tinha, olho para ele e vejo que aquela atitude era porque estava magoado comigo.

_Está magoado comigo?

_Muito. – Foi a resposta.

O seu rosto denunciava isso, cheguei mais perto dele que estava encostado na sua mesa de braços cruzados me olhando.

_Fábio, eu nunca lhe dei alguma esperança, você é um bom homem....

_Eu não sou nada disso. – Me interrompe bruscamente – Não sou um homem bom, sou apenas um homem apaixonado, você zombou desse amor.

_Eu não zombei de você. Apenas lhe disse a verdade, eu fui sincera em tudo, eu não sou mulher para você, sou uma pessoa simples de vida simples.

_Quem decide se você é ou não mulher para mim sou eu quem decide.

_Ta bom, você quer assim tudo bem. Eu só não sei como foi se apaixonar por mim assim tão rápido. Eu só não quero que você saia machucado.

_O que você quer dizer com isso? - Dizia se aproximando.

Eu vi sua imponência naquele lugar, ele era um homem que estava me impressionando e muito, não era nada do que eu imaginava que fosse.

_Quero...que você...me perdoe se eu fui grosseira. – tentava dizer sem gaguejar o foi difícil,

apenas o meu tom de voz saiu mais suave.

Com uma atitude repentina que lhe pareceu querer á muito tempo fazer, foi logo me puxando paras si, me enlaçou nos seus braços segurando minha cintura, sua boca foi che-

gando perto da minha, o seu beijo no inicio foi de reconheci-
mento, porque eu tentava resistir, aos poucos fui cedendo aos
seus encantos, o beijo era muito bom, terno e carinhoso, mas determinado e cheio de desejo.

_Eu te amo Lorena. – Dizia entre beijos bruscos.

Ele me segurava com os dedos entrelaçados nos meus cabelos, enlacei seu pescoço pensando que aquele beijo poderia ter
o gosto do beijo do Henrique, era nele que eu pensava, minha
bolsa cai no chão, ele vai me apertando cada vez mais em seus
braços, sua mão acariciava o meu rosto com desejo, o beijo era
muito bom.

CAPITULO VI

Eu te amo, eu te amo Lorena, muito mesmo. – Ele para o beijo e fica olhando os meus lábios vermelhos do beijo. – Não vai embora por favor, fica comigo Lorena, case comigo. Se você quiser peço de joelhos.

_Fábio...- ele não me deixava terminar de falar e beija novamente, com mais ardor.

_O mundo fica diferente com você, a minha vida está em suas mãos.

_Eu não posso fazer isso, você sabe é a minha carreira que está em jogo, uma grande oportunidade que eu não posso perder. Ele me solta abruptamente.

_Por que? Por que você não me ama? É isso?

_Eu já lhe disse que não sou mulher para você.

_Então o que veio fazer aqui? Torturar ainda mais? Ou veio sugar tudo de mim para depois descartar?

_Não é nada disso....

_Por que me tortura tanto Lorena? Você me odeia?

_Tente entender a oportunidade que está batendo na minha porta, igual essa eu não terei

novamente.

_E eu como fico? – Olho para ele sem responder - Por acaso você acha que vou ficar aqui esperando por você, até que se decida voltar?

_Jamais lhe pediria isso.

_E nem deve porque modéstia parte tem muita mulher que ainda "arrasta uma asa" para mim. Dou um sorriso sabendo que isso poderia ser verdade.

_Eu tenho certeza disso, afinal você é um homem tão bonito. Chega a ser impressionante como ficou solteiro todo esse tempo.

Ele se acalma respirando fundo, chega perto de mim novamente me abraça dizendo:

_Eu quero só você, será que não vê isso?

Ele me beija novamente agora com mais vontade, impetuoso, o beijo era profundo amargor, seus braços fortes gostosos de pegar, seu físico era realmente invejável para muitos garotões. Percebi que ele estava gostando de me ter nos seus braços, não sabia se tinha sido um erro ou não ter ido até o seu escritório.

Fábio sentia todo o amor fluindo, passava isso para o seu beijo, dava tudo de si, queria fazer com que Lorena mudasse de ideia, estava adorando ter ela nos braços, o amor invadia o seu coração, deseja- a de corpo e alma. Agora mais do que nunca e ia fazer de tudo para que ela não partisse, parou o beijo ficando ainda abraçados disse:

_Eu quero você tanto quanto nunca desejei alguém na vida.

_Por favor Fábio não torne tudo mais difícil do que já é. Eu não mereço tudo o que você esta me dizendo, você me magoa.

_Tudo bem, eu não quero te assustar. – Ele acaricia o meu rosto. – Quer almoçar comigo hoje?

_Por que não? – Respondo.

Com um lindo sorriso nos lábios perfeitos, vai até a mesa e interfone para sua secretaria. – Rose por favor faça duas reservas no restaurante de costume.

_Sim senhor! – Ouviu a resposta caminhao para sua sala.

Assim que desliga me puxa pela cintura me abraçando forte, eu deixava, afinal estava decidida a ir embora, e para dizer a verdade estava gostando e muito, mesmo naquela hora não admitindo isso, ele sabia agradar uma mulher, sabia como ser carinhoso e como conduzir um beijo. Nem nos meus sonhos mais loucos eu imaginava ser amada por um homem lindo e rico, era um desperdício eu não aproveitar um pouco.

_Você beija muito bem Fábio.

_Eu? Não, você é que beija bem, estou sem treino há muito tempo.

_Para quem não treina você se lembrou de tudo rapidinho.

_Acho que estou sonhando.

_Por que?

_Por ter você aqui nos meus braços. Belisca aqui e diz que é tudo real. – ele novamente aproxima seus lábios dos meus, sentia o gosto quente da sua língua, sua mão na minha cintura, abraçando minhas costas, seu beijo apaixonado e louco, sentia que ele estava feliz, saímos da sua sala assim que foi confirmada a reserva, ele não se desgrudava de mim, estava tão contente que disse para a secretaria que não voltaria mais aquele dia.

_Adoro esse restaurante, tem boa vista, boa comida, uma excelente cartela de vinhos...

_Fábio eu não estou vestida para um lugar desses. – Digo interrompendo.

_Deixe de bobagem, você está linda.

Fomos conduzidos até a mesa, realmente tudo ali era maravilhoso, me senti um peixe fora d água, percebia o mundo que ele vivia e pensava que não era para mim, o modo simples que eu tinha me denunciava, muitas pessoas me olhavam vendo eu sem jeito para com tantos talheres, Fábio me ajudava sem cerimônia. Depois do delicioso almoço ele fez questão de irmos passear, caminhávamos abraçados olhando as lojas daquela avenida, uma mais luxuosa do que a outra. Paramos para tomar um sorvete, ele nem se lembrou do que ia fazer naquela tarde. Ele queria comprar presentes para mim, mas não deixei, achei que era demais, não podia aceitar que ele me desse alguma coisa não sendo nada meu. Isso só ia deixar ele mais confiante de algo que eu não poderia dar.

No final da tarde estava cansada, e disse:

_Fábio eu preciso ir embora, fiquei fora a tarde toda.

_Mas já? – Diz segurando o meu rosto fazendo com que eu olhasse para ele. – Hoje foi o dia mais feliz da minha vida.

_Que isso Fábio, eu tenho certeza que você já teve dias melhores.

_Há sim, como por exemplo o dia que eu te conheci e você fez aquela cara que parecia que tinha nojo da minha barba. Depois fui muito feliz quando eu tirei e vi que você me confundiu com o meu filho. Fiquei lisonjeado com aquilo. É, eu fui muito feliz esses dias sim.

Eu sorria da brincadeira dele.

_Agora eu sei que vou ter dias melhores do esse, se você estiver do meu lado.

_Você é muito gentil.

_Por que você me trata assim Lorena?

_Como assim?

_Esse seu modo de falar. Você me beija me tratando como um amigo.

_Eu não tive intenção alguma de dizer ao contrario, mas já que você pergunta, eu lhe digo o que somos?

_Hoje não significou nada para você?

_É claro que significou. Eu não vou esquecê-lo jamais.

Ele balançava a cabeça de um lado para o outro me soltando dos seus braços.

_O que foi Fábio? O que você ainda quer de mim?

_Não se faça de desentendida, você é muito inteligente para isso.

_Fábio...- ia responder a ele que mesmo depois de tudo aquilo ainda ia partir quando ele segura nos meus ombros dizendo:

_Não me trate assim, você está jogando fora um amor tão bonito no lixo. O que eu sinto por você é algo que não se encontra por ai. Segundo a minha avó a felicidade não bate duas vezes na mesma porta.

_Fábio o que eu quero dizer é que eu vou embora amanhã,
e eu não queria que você ficasse
magoado comigo.

_Por que me beijou Lorena? Por que correspondeu aos meus
carinhos?

_Não sei te responder.

Ele acaricia o meu rosto dizendo:

_Você não quer admitir que gosta pelo menos um pouco de
mim, não é?

_Por favor, nao insista, eu não gosto de você não da maneira
que você quer que eu goste.

Ele não queria admitir que ela não gostava dele da mesma
maneira, pegou a em seus braços beijando, abraçava fortemente
sem dar-lhe chance para sair, ela correspondia prontamente,
podia até sentir o carinho que ela lhe transmitia, ambos estavam carentes e ela sabia disso melhor do que ninguém.

_Fábio eu preciso mesmo ir embora, ainda tenho que ter-
minar de arrumar minha mala. – Sentia seus braços se estrei-
tando cada vez mais, com certa dificuldade me soltei dos seus
braços, ele segurou meu rosto para dar vários beijos enquanto
dizia:

_Por favor....Lorena.... não vai.....eu te amo....fique comigo
por favor eu lhe peço. – Seu beijo forte e delicioso era irresistível
para mim.

Eu queria ir mais ele não deixava.

_Eu vou mais volto logo, eu não vou ficar lá para sempre.

_Tudo bem. Depois de tudo o que fiz, depois de tudo o que
eu lhe disse você ainda esta disposta a partir, então não há nada
que eu possa fazer. Eu não vou mais te convencer a ficar, apenas
vou fazer com que você não me esqueça, estando tão longe. –
ainda segurando meu rosto ele me beija várias vezes, até que eu
seguro o seu braço parando com os beijos.

_Calma Fábio.

_Eu não consigo me controlar quando estou com você.

Amanhã eu venho te buscar para te leva até o aeroporto.

_Não precisa tentava em vão falar.

_A que horas eu passo aqui?

_Eu acho melhor às quatro horas da tarde, o voou está marcado para as seis horas, eu não quero chegar atrasada.

_Eu concordo, fique tranquila que eu passo aqui na hora marcada. Abro a porta do carro para ir embora, ele segura meu braço e diz:

_E o meu beijo?

Apenas dou um sorriso para ele chegando perto do seu rosto.

_Já lhe dei muitos beijos hoje. – Dou mais um beijo nele, mas para ele não parecia suficiente, pois me pegou num beijo maravilhoso, minha língua ficou cativa da dele, antes que eu pudesse me dar por mim estava novamente envolvida nos seus braços. Era noite de outono, o céu estava repleto de estrelas, a lua cheia impunha sua luz radiosa sobre nós, não deixando que não escondêssemos do mundo, o perfume dela era inebriante, queria continuar beijando-a até que ela se rendesse aos seus carinhos, Fábio queria que ela o amasse, usava todo o seu potencial para isso. Um arrepio percorreu todo o corpo de Fábio quando é tocado no peito, sentia aquela mão delicada de dedos finos e unhas cumpridas, sentia que não poderia deixar ela escapar assim tão fácil dele.

Deitada na cama, tentava avaliar tudo o que aconteceu aquele dia, retribuía seus beijos sem saber ao certo que tipo de sentimento tinha se instalado no meu coração. Depois que deixei o Fábio fui falar com meus pais e meus irmãos, todos sentados na sala assistindo televisão, tinham visto o carro do Fábio estacionado na frente do portão, o que eu podia dizer senão a verdade. Eduardo encheu tanto a minha cabeça indo até o meu quarto querendo que desistisse da viajem.

_O que você fez com ele não é certo Lorena. – Dizia

_Foi bom, foi maravilhoso, esse dia vai ficar na memória, apenas isso Edu.

_O que você quer com isso Lorena.

_Nada, absolutamente nada, apenas que os meus sentimentos estão confusos, só isso.

Aqueles dias que antecederam a minha viajem foi um tumulto só, o Henrique, a Renata, o Fábio, o nosso primeiro beijo, a nossa primeira briga, ele dizendo que me amava, eu lhe dizendo que não ia desistir da viajem por causa disso, nem mesmo vendo o seu olhar tão terno, ele me olhava como ninguém nunca havia olhado para mim. Depois que arrumei minha mala deitei na cama sem sono, relembrava tudo o que tinha acontecido aquele dia.

O dia foi bem curto para tanta coisa para fazer, quando me dei conta da hora, Fábio chegava no portão, fui correndo para o banho, ainda bem que ele havia chegado bem mais cedo, assim que terminei de me arrumar veio à parte mais difícil, a despedida.

O choro foi grande, principalmente por parte da minha mãe, que queria que eu ficasse na Espanha com parentes, ela nem sabia se ainda tinha algum parente por lá, mais insistia, para não deixá- la triste prometi que ia procurar por eles. Fábio conduzia o carro sem pressa alguma, parecia que queria a todo custo adiar a partida.

_Fábio, se você não for mais rápido eu vou perder o voo.

_Não se preocupe, mesmo que eu não esteja feliz com essa viajem, não vou deixar você perder o voo.

Olho para ele vendo sua fisionomia muito caída e triste, "há, meu Deus, se eu tivesse te conhecido antes do Henrique. É uma pena que o meu coração ainda esteja com ele, mesmo sabendo que ele esta de casamento marcado." Pensava com um aperto no coração. Olhava pela ultima vez a minha grande cidade, São Paulo, ia sentir muita falta desse lugar, o dia não parecia triste com a minha despedida, o dia amanheceu ensolarado para o fim do inverno, logo a cidade ia ficar colorida com a chegada da primavera.

Fábio quase não falou durante o percurso, no rádio tocava um CD com musica de piano, fiquei envolvida com o toque da música, era muito bonita, ela ia ficar gravada na minha memória depois daquele dia, fazendo parte de nossas vidas. Percebi que ele ouvia aquela melodia com o coração. Quando chegamos no estacionamento do aeroporto internacional de Guarulhos, ele desceu primeiro, veio para o meu lado abrindo a porta para que eu saísse, pegou minha bolsa, ao colocar a perna para fora do veiculo, Fábio me abraça, estava acariciando o meu rosto, olhava cada detalhe, tirava o meu cabelo da frente do rosto, a musica tocava dando um clima romântico ao que acontecia. Eu não ousava a dizer nada. Seus olhos vermelhos de tanto chorar, estava marejados de lágrimas, percebi que ele esteve calado porque estava chorando o percurso todo, eu é que fingia não perceber, acaricio o seu rosto, queria ter um monte de palavras bonitas para dizer a ele aquela hora, mas não tinha.

CAPITULO VII

Aos poucos fui chegando perto do seu rosto, encosto meu lábios nos dele sem beijar, roçava apenas, sentia o seu perfume cítrico, era gostoso aquele rosto macio, lábios grosso e gostoso de beijar, primeiro o beijo foi terno sem qualquer pretensão, abri os olhos vendo lágrimas correndo por seu rosto, passo delicadamente os dedos, ele me tira do carro, enlaça minha cintura me puxando para um verdadeiro beijo, era forte e decidido, sua força me mantinha cativa daqueles braços, uma perna estava entre as minhas, me impossibilitando de sair. O seu beijo demorado e gostoso, ele para e diz:

_Eu te amo, não vai embora. Não me deixe Lorena.

_Se eu pudesse mudar o passado com certeza mudaria e teria te conhecido antes de tudo isso acontecer.

_Que consolo meu Deus! – Diz ele balançando a cabeça – Olhe para mim e veja o quanto eu chorei por você como nunca chorei por mulher alguma, nem pela mãe dos meus filhos que foi o meu primeiro amor. O que sinto por você é tão forte que eu não consigo explicar. Não é apenas uma fantasia, você é minha realidade, eu preciso de você porque te amo. Se você deixar, te ensino a me amar.

_Fábio....- Começava a dizendo mas ele coloca o dedo na minha boca impedindo que eu continuasse.

_Tudo bem. Sei que sou velho para você. Sei que você vai embora apesar de tudo o que lhe disse, sei que não significo nada para você.

_Não é bem assim.

_Então o que é?

_Eu não ia dizer nada disso, você não é velho, eu vou viajar sim, mas volto, e você significa muito para mim.

_Vou ficar aqui bem quietinho esperando por você. Não pensa que eu vou desistir assim tão fácil do amor da minha vida.

_Eu não posso permitir isso, seria um sacrifício para você.

_Eu amo você menina, coloca isso na sua cabeça, eu não quero mais ninguém.

_Agora eu preciso ir, porque meu voo vai sair logo. – digo olhando para o relógio.

Fábio me ajuda a carregar as malas, fomos para o guichê, o voou logo foi anunciado, olho para ele que me leva até o portão de embarque, a tristeza no seu olhar era visível.

_Não fique assim Fábio, vamos nos ver em breve, vamos nos falar....

_Você vai me esquecer assim que esse avião decolar.

_É claro que não, olhe para mim. – Digo pegando um papel entregando em seguida para ele – Esse é o numero do meu celular, o telefone da escola esta logo ai em baixo, você chama por Paco que é o diretor da escola, ele sabe onde me encontrar. Você pode me ligar sempre.

_Vou sentir muito a sua falta. – Diz apertando o papel

_Eu também sentirei, nunca vi alguém tão carinhoso como você. – Ele me puxa para um forte

abraço.

_Dúvido disso, logo você me esquece.

_Você é que pensa; você ficou guardado em um lugar muito especial no meu coração. – assim que termino de falar ele me beija, fomos interrompidos por uma gritaria de alunos meus que vieram se despedir junto com os professores.

_Não podíamos deixar você partir sem nos despedir. – disse Ana

_Todos vocês são maravilhosos. – A voz sai emocionada.

Os meus alunos estavam ali com flores, beijos e abraços. Foi linda a despedida, a ultima chamada para o embarque, beijei todos com muitos buquês de flores nos braços, beijei todos, quando chegou à vez do Fábio ele me pega no colo me beijando com ardor na frente de todos, os alunos aplaudiram, fiquei sem jeito e tentava afastá-lo, ele me coloca no chão, já ia embora quando o Henrique com a Renata aparecem, ele gritava o meu nome chamando minha atenção.

_Lorena, boa viajem e boa sorte.

_Eu desejo toda a felicidade do mundo para você. – disse a Renata

_Obrigada meus queridos. Desejo o mesmo para vocês. – Henrique me pega no colo num abraço forte me rodando, sobre o olhar de Fábio e o sorriso de Renata. De todos os beijos que recebi esse foi o que mais mexeu comigo, as lágrimas viam aos meus olhos sem consegui conter.

Fábio reparou que eu sentia algo diferente quanto ao Henrique, ficou olhando de longe, assim que desapareci no corredor para embarcar ele ficou pensando no jeito que eu fiquei quando ele beijou minha mão. "Será que o beijo que aquele cara deu significou mais do que o meu?" pensava triste e angustiado, uma parte dele estava indo embora com a mulher que amava, entrou no carro, socava o volante com violência quando um enorme avião passa por cima de sua cabeça, "Adeus meu amor. Meu grande amor. Sei que você vai me esquecer, mas eu vou fazer o possível para isso não acontecer, vou ficar presente pode ter certeza disso." Dizia para si mesmo olhando o papel com o telefone. Queria tirar aquele amor do peito pois ele doía muito, não queria sofrer tanto assim por uma mulher. Mas sabia que não era uma mulher qualquer, era aquela que o seu coração elegeu.

Bem à noitinha, quando chegou em casa, triste, visivelmente abatido, seus filhos logo perceberam que algo não estava bem. Ele foi direto para o seu quarto não querendo falar com ninguém. Fechou a porta com certa força quando um dos seus filhos bate na porta ele grita:

_Quero ficar sozinho.

_Pai sou eu.

_Patrícia eu não quero conversar agora.

_Por favor pai, abre a porta eu tenho algo importante para falar com você.

_Entra.

Estava deitado na cama com metade das pernas para fora.

_Oi pai, tudo bem com você?

_Tudo. – Diz meio que engasgando com as palavras.

_Pai eu sei que algo muito sério está acontecendo, você anda muito estranho. Não prefere desabafar um pouco?- Ela sentou de um lado e o seu irmão do outro – Pode desabafar com a gente pai, estamos aqui com você.

_Comigo também pai, nós vamos entender.

Ele abraça seus filhos chorando, eles se olham nunca tinham visto o pai daquele jeito, esperaram ele se acalmar, sua filha acariciava seus cabelos.

_Desculpe meus filhos, - Diz enxugando as lágrimas – eu não pensei que fosse ficar assim, mas a emoção é muito grande.

_Pode falar pai, nós vamos entender. – Falava Carlos

_Nós já sabemos que o caso tem a ver com mulher. Não é senhor Fábio? – Sua filha falava olhando para o irmão com cumplicidade.

_Patrícia deixa o pai falar.

_É isso mesmo minha filha. Eu devo confessar que não consigo esconder nada de vocês.

Confesso também que nunca amei alguém como eu estou amando agora.

_Nem a mamãe? – Pergunta Patrícia com ciúmes.

_Foi diferente filha, não tem comparação. Eu e sua mãe nos conhecíamos desde de crianças. Agora a história é outra, eu amo como um adulto, é bem diferente.

_Tudo bem pai, mas o que realmente aconteceu para você ficar assim? Ele se levantou da cama andava de um lado para o outro.

_Ela partiu para a Espanha.

_Ela te deixou pai?

_Não é bem assim, ela não me deixou porque nunca foi minha. Bem que eu queria que fosse, mas como ela já estava com a viajem marcada foi embora.

_E quando ela volta? – Pergunta seu filho demonstrando solidariedade.

_É isso que me preocupa, e me deixa angustiado, ela falou que vai voltar, mas não disse

quando.

_Pai, eu acho melhor você se conformar, levantar esse astral, não adianta nada ficar desse jeito.

_Eu sei disso, é que nunca me senti tão impotente. Sei que aos olhos de vocês estou parecendo um adolescente perdido.

Eles se olham e dão risadas.

_De jeito nenhum pai, porque disso, nós entendemos. Mas de qualquer jeito estamos aqui para te ajudar. - Disse Patrícia

_Obrigado meus filhos, eu não sei o que seria de mim se não fosse por vocês. – Ele abraça seus filhos

_Pai você pode dizer quem é a sua "eleita"?

_Como você é curiosa Patrícia. - Disse Carlos jogando o travesseiro na irmã.

_Vocês ainda não a conhecem, ela dá aulas na escola Dulce Maria.

_Aquela escola particular da avenida principal?

_É essa mesma.

_Como ela se chama pai?

_Lorena.

Ao dizer vê que seus filhos se olham.

_Será coincidência? - Carlos fala para a irmã.

_Não pode ser!

_Do que vocês falam? – Comenta Fábio intrigado.

_A irmã do Edu também se chama Lorena e, se eu não me engano também é professora.

_É a mesma sim. A pessoa de quem eu falo. - DizFábio para os filhos que olhavam para ele entendendo toda a situação.

_Pai a irmã do Edu tem apenas 24 anos. Não pode ser ela.

_Por que não Patrícia?

_E qual o problema dela ser mais nova do que o pai? Os dois homens olhavam para ela com cara de desaprovação.

_Pai você quer dizer que é ela a mulher que você gosta?- Patrícia falava mais criticando do que falando.

_Patrícia qual o problema? – Continuou Fábio

_Ela é mulher não importa a idade. – Comenta Carlos em defesa do pai.

_Eu sei que é....- Tentava se justificar.

_Você quer dizer que sou muito velho para ela? Eu entendo, e acho que ela deve pensar o mesmo que você filha.

_Pai você é bonito, depois que tirou aquela barba horrorosa ficou bem mais jovem.

_Não adianta Patrícia tentar consertar o que você falou. Agora já ta dito.

_Tudo bem Carlos eu sei que ela não queria dizer isso. Mas que ela tem razão, tem.

_Não tem razão não, pai. Você é dono da própria vida. Você é ainda bem jovem para um "pai". – Carlos deu um soco de brincadeira no ombro do pai para animá-lo. – Perto dos pais dos meus amigos você é tão jovem quanto eu.

_Exagero Carlos. Mas valeu a intenção filhos, eu vou me recuperar, afinal ela me deu o telefone de onde vai ficar, posso falar com ela à hora que quiser.

_É isso ai pai. – Disso Carlos piscando para a irmã sai do quarto junto com ele.

Depois que os dois saem, Fábio deita na cama pensativo.

_Eu nunca vi o pai desse jeito Carlinhos, ele esta sofrendo muito por causa da Lorena.

_É porque ele está amarradão, ou você acha que o amor é sempre cor de rosa como dizem essas revistas inúteis que você lê?

_Sê você quer saber essa revista inútil é muito boa. E outro dia eu li um livro do Machado de Assis.

_Que milagre! Deve ser para algum trabalho de escola.

_É maçante demais. - Dizia dando de ombro fazendo careta.

O irmão a abraça rindo, a irmã não tinha jeito, não ia se livrar dessas revistas inúteis assim do dia pra outro.
Depois de muitas horas de voo, Lorena chega à cidade de Madri, capital da Espanha, cidade linda e maravilhosa ao seu ver. O dia parecia que a recebia com um sorriso, o sol estava brilhando com nunca, o céu azul, tudo parecia perfeito. A sua espera estava

o Paco, que a levou para conhecer a cidade.

Passaram em frente ao colégio onde ia lecionar, ele apontava para a entrada e o carro da esposa estacionado. A cidade de Toledo ficava a uns 70 km ao sudoeste de Madri, uma cidade histórica e cultural, Lorena conhecia de cor a historia da cidade, pelos livros que tanto a encantava, agora via tudo pessoalmente.
A cidade respirava cultura, poderia até ser a capital no lugar de Madri, onde que já foi sede de vários conselhos, objeto atenção dos monarcas, ali as culturas se encontravam, havia várias igrejas em gótico. Estava fascinada com a cidade olhava tudo atentamente, quando chegamos a uma pequena vila, casa de pedra antiga as margens do rio Tejo, as flores e o verde das arvores dava um ar romântico ao local.

_Paco, esse lugar é incrível.

_Gostou?

_Amei, isso sim.

_Então entra, a casa é sua.

_Que rio maravilhoso, bem na frente da casa.

_Não adivinha que rio é esse?

_Meu Deus! – disse com a mão na boca tentando conter o entusiasmo – Não me diga que é o rio Tejo?

_É sim. – Diz Pablo desembarcando as malas.

_Quer dizer que eu vou mora de frente para esse rio maravilhoso?

_Não se empolgue tanto, ele não é tão maravilhoso assim.

_Diga o que quiser, eu não vou mudar de opinião.

Lorena entrou na casa seguindo Paco que abria a porta, o cheiro de mofo era muito forte.

_Desculpe o transtorno Lorena, ela esta assim porque esta

fechada há mais de três anos, você vai ter um pouco de trabalho para limpar.

_Não se preocupe eu dou um jeito.

_Então fique á vontade eu vou comprar algumas coisas para você e para a casa. Você quer fazer uma lista do que vai precisar?

_Paco eu vou precisar de tudo, aqui não tem nada.

_Tudo bem, você tem razão, eu trago tudo, o que faltar você poderá comprar mais tarde.

_Pode deixar.

Assim que Paco sai com o seu automóvel, Lorena abre todas as janelas e portas, me sentia livre, indepedente, pensa na solidão não me incomodava naquele momento, "agora vou pensar na minha vida." Pensei olhando aquela vista maravilhosa.

Duas horas depois Paco trás toda a compra, Paes caseiro, doces, leite, carne, manteiga, legumes, verduras, algumas frutas, produtos de limpeza e higiene pessoal. Ele realmente foi um amor, me deixou tudo o que eu fosse precisar até a próxima semana.

_Bom eu já vou embora. – disse ele – o colégio você viu, não fica muito longe daqui, pode subir a rua e ir a pé. Lembra do caminho que eu lhe mostrei?

_Sim, pode deixar eu me viro. A que horas eu devo chegar na escola?

_Lá pelas seis da manhã, vocês professores terão que chegar bem antes dos alunos, eu vou apresentá-la para o resto da turma. Como está o seu espanhol?

_Desde do dia que você apareceu eu venho praticando mais, esta em dia. Talvez o dialeto por aqui seja um pouco diferente, mas eu me acostumo.

_Em todo caso, posso te dar algumas aulas se você tiver dificuldades.

_Paquito, você continua um amor. Muito obrigada mesmo, de coração.

_Não por isso amiga.- responde saindo, ao chegar ao portão se volta para dizer: - Por favor não me leva a mau mas, não me chame de paquito por aqui. Ninguém sabe desse meu apelido, principalmente minha esposa.

_Tudo bem, fique sossegado que eu não falo mais.

_E só mais uma coisa. O telefone esta funcionando, se precisar é só ligar.

Aquele dia foi bem trabalhoso para deixar tudo mais ou menos limpo, a cozinha foi o que mais me deu trabalho, quando já estava bem a noite tinha terminado, tomei um banho quente, vesti uma camisola, fiquei parada na frente da janela comendo e olhando o céu cheio de estrelas, sem lua. Mesmo sozinha naquele lugar desconhecido, não me sentia solitária, estava bem feliz, liguei para os meus pais dizendo que estava tudo bem, eles estavam preocupados com a demora da minha ligação. Fui deitar completamente cansada da viajem e de tudo, não pensei em nada que não fosse o sono.

Acordei às cinco horas da manhã, preocupada, não queria perder o horário bem no meu primeiro dia, fui para o colégio ainda com o dia amanhecendo, o ar estava agradável, o cheiro típico do lugar, sentia o ar diferente do que conhecia, em meia hora chegava ao colégio, com folga no horário. O prédio era grande, estilo antigo, como todos por ali. Entrei procurando pelo Paco, que logo me viu, fomos conhecer os outros professores e a escola, adorei, tudo era novo para mim, no corredor encontramos uma mulher alta com cabelos negros como a noite anterior, só que sem as estrelas, muito bem vestida, de sotaque forte e decidido, gesticulava enquanto falava, assim que virou o pescoço acenou para o Paco.

_Lorena. Quero te apresentar Carmem, minha esposa e dona desta escola.

_Carmem Ramon, prazer.

_Lorena Mosca Bartolomeu! O prazer é todo meu.

_Meu marido me falou muito bem de você. – disse com um sorriso cheio de dentes brancos, a boca era maior que o normal, mas não tirava a sua beleza exótica.

_Que bom.

_Está bem instalada na casa?

_Muito bem. A casa é bem aconchegante.

_Muito, quando se esta limpa e habitada.

_É verdade.

_Fico contente que esteja satisfeita. – Ela se volta para o marido – Você conseguiu o telefone daquele professor de matemática que lhe pedi?

_Ele vem hoje para uma entrevista.

_Excelente. – Ela acena com as mãos e vai para dentro do seu escritório.

O tão aguardado momento estava chegando. A sala era bem grande, entrei na sala com o Paco, ainda estava vazia, ouvimos o sinal tocando, os alunos começaram a entrar, olhando para nós e cumprimentando. Paco nos apresentou me deixando sozinha com toda a turma de adolescentes com os olhos fixos na minha pessoa.

Consegui que eles gostassem de mim logo de cara, usei o mesmo método de trabalho que usava sempre com os meus antigos alunos, não foi fácil convencê-los a fazer teatro, queria falar sobre o rio Tejo e sua importância para a Espanha e desembocava em Lisboa. Mas não queriam saber sobre o rio e, sim sobre o Brasil, a aula foi bem divertida porque eles perguntavam sobre tudo.

Os dias se transformaram em meses, eu já havia me acostumado com a vida local, Carmem estava tendo dificuldades em conseguir segurar um bom professor de matemática, os dois brigaram feio sobre o método empregado e foi despedido. Na sala dos professores não se comentava outra coisa, o assunto era sempre quem seria o novo professor de matemática. A escola ficou dois dias na expectativa de um amigo da Carmem aceitar dar aulas. Ela ficava andando de um lado para o outro. Preocupada com o desenvolver dos alunos por falta da matéria, ela negociava de todas as formas para conseguir trazer o "tal" professor.

No dia seguinte entrei no colégio, como de costume trazia

uma maçã na mão, comia sem ver o quanto aquele gesto pudesse ser constrangedor, vi o Paco conversando com um homem muito bem vestido, estava de costas para mim, entrei na sala dos professores querendo informações sobre quem seria, todos diziam ser o novo professor.

◆ ◆ ◆

_Ele é um grande amigo da dona Carmem. Veio para ficar como fiquei sabendo. – Contava Luciana que sempre sabia de tudo em primeiro lugar.

Eu não disfarçava minha curiosidade, ele era muito elegante para um simples professor, parecia uma peça bem rara, não foi encontrado nos corredores o dia todo.

Na hora de ir embora, lá estava ele conversando com o Paco e a esposa, assim que me viu, a Carmem me chamou.

_Lorena, eu queria que você conhecesse o Juan, ele é o nosso novo professor de matemática. Enquanto ela falava o meu olhar e o dele ficaram presos por alguns lindos segundos, um encantamento que não dava para ser explicado, ele me estendeu a sua mão que eu segurei, ele levou a até os lábios me deixando extasiada com o gesto, uma estranha sensação tomou conta de mim naquele momento, ficamos assim parados sem prestar atenção ao que o Paco dizia.

_Hei vocês dois! – Diz estralando os dedos na nosfrente. – Estou aqui falando com vocês.

Nos rimos e soltamos nossas mãos.

_Prazer. – Falava numa voz ronca e bonita.

_O prazer é meu. – Respondi.

_Já esta indo embora Lorena? – Pergunta Paco.

_Estava sim. – Respondia não tirando o olhar de Juan

_Nos vemos amanhã, então.

_É, até amanhã.

No caminho de volta para casa via o sorriso nos lábios daquele homem, "Meu Deus que homem era aquele." Pensava. Juan era bem mais alto que o Paco, cabelos escuros e fartos, corpo forte, ombros largos, olhos negros como se fossem duas lindas e gostosas jabuticabas, um homem que prendia a atenção de qualquer mulher, um sorriso de dentes brancos, uma simpatia e um charme, não deu para disfarçar que gostei dele na frente dos meus amigos e patrões.

CAPITULO VIII

Cheguei em casa com o pensamento naquele homem tão incomum e bonito. Ele tinha conseguido tirar o meu sono e, na manhã seguinte fui para a escola com um novo animô, na esperança de encontrá-lo.

Fábio decidiu entrar de cabeça no trabalho, por causa da sua última conversa com a Lorena. Ela parecia fria e distante, quase não queria falar com ele, não atendia o seu telefonema na escola, a secretaria que atendia sempre dizia uma desculpa, já estava farto disso, no seu último telefonema a mesma mulher lhe disse que ela tinha ido almoçar com um professor novo na escola. O ciúme e a impossibilidade de fazer algo lhe rendeu uma irritação sem limites, tanto no trabalho como em casa. "Quando ela estava aqui era bem mais fácil, eu tinha a situação sobre controle, estava sempre presente, mas, agora tão longe de mim, não sei o que se passa com ela." Ele temia que a perdesse de vez. Quando viu o Edu, tratou logo de falar com ele.

_Cara, sua irmã está me dando uma gelada. – Resmunga atrás de sua mesa coçando a cabeça.

_O que está acontecendo? – Perguntou

_Ela me deu o numero de telefone de onde está, mas não atende aos meus telefonemas. Eu não sei mais o que fazer. Será que você não pode falar com ela?

_Poder, eu posso. Só não garanto que ela vai me escutar. Você conhece o gênio dela.

_Muito bem.

_Ela liga toda a semana para casa, eu vou falar com ela e ver o que posso fazer a respeito.

_Não devia lhe pedir isso. Aliás eu não queria precisar fazer isso. Acontece que eu amo muito sua irmã, não consigo ficar sem falar com ela, ouvir a sua voz.
_Você se apaixonou mesmo por ela, não foi?

_Cai nesse laço tão bem armado pelo destino que não sei mais o que fazer sem ela. O que ela diz quando liga? Perguntou por mim alguma vez? – Sentia-se esperançoso.

_Ela está se adaptando muito bem por lá. Procurou por nossos parentes, mas não quis ficar com eles. Sempre fala sobre a escola.

_Você está rodeando e isso, quer dizer que ela não perguntou sobre mim.

_Não. – disse chateado por ver a expressão de tristeza do amigo – Sinto muito Fábio.

_Ela está se adaptando muito bem ao modo de vida local. Já está até saindo com um professor novo, mostrando tudo a ele. É como se ela vivesse lá por muitos anos.

_Ela nos contou que fez muitas amizades por lá. Mas, não disse nada sobre alguém em especial.

_Ela lhe parecia feliz?

_Muito.

Aquela simples resposta fez com que o coração de Fábio ficasse apertado e triste, se ela realmente estivesse feliz não ia querer de modo algum voltar. Deixando-o muito preocupado.

Aquele encontro foi mágico entre nós, não nos separamos mais, Juan se mostrava um bom professor de matemática, mesmo nunca exercendo a profissão. Cuidava da galeria de artes da mãe, era algo que lhe dava prazer, como um passatempo, mas se saiu muito bem, dando muito lucro. Era também um bom administrador e um empresário reconhecido no mercado. Vivia numa linda casa estilo antigo da região, morava ainda com sua mãe viúva. Era filho único de um relacionamento duradouro.

A Carmem, esposa do Paco, era grande amiga de Irene. Contou à amiga que o filho estava saindo com uma professora da escola, a noticia a deixou muito feliz. Parecia que a Carmem sentia um pouco de ciúme de Paco, mesmo não demonstrando, por isso incentivava o meu relacionamento com Juan. Ficou até mais minha amiga, dava conselhos e dicas.

Juan era um homem muito inteligente e instruindo. Conhecia como poucos a arte moderna, contemporânea e a abstrata. Nosso assunto era sempre baseado na cultura, eu o bombardeava com perguntas sobre o seu país, ele fazia o mesmo. Uma noite saindo da escola ele me alcançou convidando para um jantar num restaurante que segundo ele, era o melhor de toda a região e, que eu precisava conhecer.

A noite foi maravilhosa e mágica, diferente de tudo o que eu já havia experimentado a vida toda. Sentada na parte de trás de uma limusine, olhava o seu charme ao me contar a historia do local. Eu estava um pouco tímida diante da grandeza do seu modo de vida, não sabia se estava vestida a altura. Ele reparou que eu alisava a saia constantemente, ela estava esparramada sobre o assento de couro.

_Não se preocupe que você está linda.

Como resposta me acalmei dando um sorriso. Ele desceu quando o motorista abriu-lhe a porta, fiquei esperando ele abrir a porta para mim. Dando lhe a mão, sai do carro para me encantar com a linda fachada do pequeno restaurante, por dentro era mais incrível ainda, todo bem luxuoso, com poltronas vermelhas, uma mesa redonda com um pequeno abajur em cima, lindos quadros de artistas famosos.

Ele ia me falando e mostrando sobre cada um deles por onde passávamos. Na recepção percebi o quanto era conhecido e admirado. Puxou a cadeira gentilmente, coloquei a pequena bolsa sobre a mesa, ele segurou minha mão firmemente. Nossos olhos se encontraram para não se desviarem mais. Depois desse encontro ficamos juntos. Não me lembrava de mais nada que não fosse a felicidade que estava sentindo, não restava nem vestígio de que um dia eu havia sentido algo pelo Fábio. Nem no Henrique eu pensava mais, sabia que ele estava feliz casado com a Renata que havia se tornado minha amiga. Tudo isso transpareceu na minha voz quando atendi o insistente telefonema do Fábio.

_Olá Lorena! - Cumprimentou de forma fria

_Oi Fábio. Tudo bem com você?

_Comigo está tudo caminhando. Eu quero saber com você, estou muito preocupado com a falta de noticias suas.

_Desculpe, ando muito ocupada com a aula. Eu ligo sempre para a minha família.

_Sei! Mas não se esqueça dos amigos. E por falar em amigos, um dos seus amigos casou-se no começo do mês.
Ele queria saber se eu ainda sentia algo pelo Henrique, o que ele não sabia era que eu tinha conhecimento do assunto primeiro do que ele, e pela própria noiva. Mas não quis ser mal educada com ele e fingi que nada sabia.

_É mesmo? Quem se casou?

_O Henrique e a Renata. Eles me convidaram mas, eu não fui. Não quis ir sozinho.
Percebi o que ele queria, não lhe dei chance. Ele continuou:

_Aqui não tem graça sem você, Lorena.

_Meu irmão me falou que você levou minha mãe para o medico. – tratei logo de cortar o assunto.

_Não foi nada de mais.

_Eu gostaria de te agradecer por estar olhando por eles. Você está sendo um bom amigo.

_Quero ser mais do isso, estou te esperando, não vou perder as esperanças. Ainda te amo muito, estou aqui com o coração apertando morrendo de saudades de você.

_Vou ter que desligar agora Fábio. – Tratei logo de dizer porque o Juan tinha acabado de entrar na sala.

_Você se esqueceu de mim Lorena? – Aquela pergunta parecia ser de desespero.

_Não. Eu não vou esquecer. – Disse com total sinceridade.
Realmente ele tinha ficado num lugar especial no seu coração.

_Quem era que você não esqueceu? – Perguntou ansioso Juan.

_Ninguém importante. Era do Brasil. – Trateilogo de abraçá-lo e beijá-lo para não fazer mais perguntas embaraçosas.

Fábio gostou de ouvir que não seria esquecido. Aquelas palavras lhe um pequeno animo, há muito tempo queria tirar férias. Tratou logo de planejar sua ida para a Espanha, a saudade era tão forte que o movia de forma inédita. Os filhos estavam ao seu lado, faziam de tudo para amenizar a saudade que o pai sentia. Fábio falava sobre Lorena o tempo todo, eles percebiam o quanto ele a amava e como estava sofrendo aquela separação tão repentina, depois de conhecer e sentir o amor com Lorena.

Fábio ficava em constante contato com a família de Lorena. Pegou seu copo um autentico conhaque com uma pedra de gelo, tomou num gole só, olhou para o telefone sentia que com a sua ajuda constante a família dela, fosse uma forma de mantê-la por perto, não só por Lorena, sentia simpatia por todos, principalmente pela mãe. Pegou o telefone e discou.

_Bom dia, Edu.

_Olá chefe. Como vai essa força. – Respondeu ele não sabendo o que ele queria naquele sábado.

_Falei com a Lorena.

_Falou?

_Falei ainda agora.

_E ai? O que foi que ela disse?

_Não muito. Foi um pouco evasiva nas suas palavras.

_Não deve ser nada.

_Obrigado por tentar amenizar a situação, mas ela me pareceu bem distante.

_Sei como é cara, eu tinha uma mina assim.

_Eu queria saber se você está preparado para ficar por uns dias no meu lugar.

_No seu lugar? Como assim? – Eduardo parecia surpreso com a novidade.

_Pretendo ir a Espanha.

_Vai atrás dela? Por que?

_Eu a amo. Será que não entende isso?

_O que eu não entendo é ver você correr atrás dela como um cachorrinho toda vez que ela resolve aparecer.

_Eu preciso ver ela, saber como está.

_Tenho certeza de que está muito bem.

_Mesmo assim eu quero vê-la. – Diante do silencio do rapaz ele continuou: - Por favor Edu, eu não confio em ninguém no momento para tomar o meu lugar. O meu filho ainda não está preparado, começou a faculdade agora.

_Eu sei Fábio. – Fez uma pausa antes de completar – Tudo bem, se for apenas por uns dias eu fico. Só espero corresponder as suas expectativas.

_Não se preocupe eu vou te preparar bem para ficar aqui.

Estava vivendo um momento diferente na vida, sentia que a felicidade chegara finalmente. Juan fazia de tudo para agradar, ambos nos apaixonamos logo que nos conhecemos. Estava agora sentada na janela esperando por ele, quando ele chega o coração pulava de alegria. Estacionou o carro em frente a casa, viu Lorena correndo para seus Braços, apertou aquele corpo delgado que tanto gostava.

_Estava louco para chegar.

_Tenho uma surpresa para você. – Disse levando até a sala, mostrando uma mesa lindamente decorada, ele sorriu colocando a garrafa de vinho sobre a mesa. Voltou-se para ela olhando bem dentro dos seus olhos, pegando-a no colo, acariciando seu rosto. Naquele momento o amor começava a explodir, um beijo cheio de desejo fazendo ambos se entregarem totalmente. Tudo o mais foi esquecido. As roupas foram saindo de forma impetuosa, dando lugar ao êxtase. O quarto parecia pequeno para o amor que crescia todas as vezes que dormiam juntos. Cada vez mais forte, inclinou a cabeça para Juan beijar seu lindo pescoço. Segurando com força os cabelos negros sentindo seus lábios úmidos chegarem aos seios. Foram pegos pelo destino que unirá e nada poderia separá-los.

CAPITULO IX

Seis meses se passaram, eu e Juan estávamos mais juntos que nunca. O nosso namoro era apoiado por todos. A Carmem adorava-o, ficou muito feliz ao saber do nosso projeto para casarmos. A mãe do Juan foi a que ficou mais feliz com a ideia, agradecida, ficou minha amiga, me dando acesso não só a sua casa como ascensão a sociedade em que vivia. Um mundo totalmente novo para mim. Tudo era muito luxuoso, vivia me levando as compras com ela, eu sempre ganhava muitas coisas, roupas, joias, sapatos, tudo enfim que uma mulher precisava. Meu guarda roupas vivia sempre lotado de roupas finas e caras, ela estava me tratando como uma lady.

    _Lorena você é filha que eu não pude ter. Não adianta reclamar.

    _Longe disso. Apenas não quero que fique gastando seu dinheiro comigo. Tenho tudo o que

preciso.

    _Uma mulher nunca tem tudo. Além do mais, eu não quero você mal vestida perto do meu

filho. Ele é um empresário de sucesso, não sei porque aceitou esse cargo misero de professor.

    _Ele está gostando muito. Não se esqueça de que ele é muito bom em tudo o que se propõe a fazer.

    _Sei disso Lorena, melhor do que ninguém. Ele tem o

talento do pai. Parece Midas, tudo o
que toca vira ouro.

_Irene não esqueça de que ele está se divertindo também.

_É verdade. Bom, vamos ao que interessa.

Ela me conduziu para o seu aposento preferido, fomos tomar chá. A única coisa que me incomodava e ao Juan naquele momento era para apresarmos o casamento. Ele queria antes de tudo vir para o Brasil conhecer meus pais, sabia que tinha que fazer tudo certo, pediria minha mão em casamento para o meu pai, no natal, quando soube, Irene ficou encantada. Tínhamos que dar uma data a ela, e foi o que fizemos. Sabíamos que era precipitado mas, não tinha outro jeito de acalmá-la. Até aceitou de bom grado ficar aos cuidados de Carmem e Paco.

Fábio perdia o rumo da vida, já não era mais o mesmo homem desde que Lorena partira, passaram seis longos meses e, ela não falara nada em voltar, preparava o seu irmão Edu para ocupar o seu lugar, ele aprendia rapidamente, demonstrando talento para os negócios. Cansado de ser deixado de lado, não ligou mais. Faria uma surpresa quando chegasse à Espanha e encontrá-la. Edu nos aguentava ver o amigo sofrendo daquele jeito, mas nada do que dissesse a ela ajudava, sentia que Lorena estava cada vez mais distante deles. Via o mundo do qual o amigo queria construir com ela desabando. Edu não imaginou que Fábio ouviria sua conversa com secretária de Fábio.

_Como está sua irmã, Edu?

_Muito bem.

_Ela não pensa em voltar?

_Não tão cedo.

_O que ela encontrou por lá? Por acaso algum affair?

_Rose o Fábio não pode saber, mas a minha irmã está namorando.

_Sério? – ele fez que sim com a cabeça – E você já conhece ele?

_Ainda não. É um tal de Juan.

_Você tem certeza de que é serio esse namoro?

_Me parece que sim, ela mesma contou aos meus pais. Parece que os dois vão vir no final do

ano.

Fábio parou no corredor voltando para o banheiro, não queria que ele soubesse que ouvira tudo. Sentia uma forte do dor no peito, a rejeição de Lorena ao seu amor era insuportável, a indiferença com o que ela havia tratado o seu sentimento não tinha perdão. Sentia como se tivessem transpassado o seu corpo com uma lança afiada, se fosse verdade não teria doido tanto quanto aquelas palavras. "Eu a perdi. Perdi para sempre o meu grande amor." Pensava. "Porque ela não me disse nada sobre o namoro com esse tal Juan? Porque me deixou com esperanças?" socava com toda força o mármore frio daquela pia. Não deixou que uma gota de lágrima caísse, decidiu naquela hora que mesmo assim ia olhá-la de frente, ia para a Espanha, "Vamos ver se ela confirma essa historia na minha cara."

Precisa vê-la e falar com ela a qualquer custo, fez de tudo para acalmar seu coração e voltar para a sala. "Eu amo você como nunca amei alguém na vida." Dizia o seu coração aflito. Passou por Edu e a Rose entrando na sua sala sem nada dizer. "Vou trazer você de volta, juro para mim mesmo."

Pegou o telefone reservando a passagem somente de ida para a Espanha. Seus filhos já esperavam essa atitude da parte dele, apenas não entendiam porque ele estava tão calado e determinado a ir o mais rápido possível. Viam seu pai sofrendo calado.

_O que vamos fazer Patrícia? – Perguntou seu filho

_Não sei. O pai nunca mais teve uma vida normal desde que conheceu a Lorena.

_Ela não tem feito o pai feliz nem um pouco.

_É uma egoísta isso sim. – Ele se levanta da cadeira demonstrando estar zangado – Foi para a Espanha e nem se preocupou em ligar uma única vez para saber como o pai está. Não liga nem um pouco para ele. Você viu como ele está sofrendo?
_Vi sim. Mas não sei o que fazer.

_Não tem o que fazer. O pai não vai nos dar ouvido. Toda vez que ele fala com ela fica todo
derretido.

_Está determinado a ir atrás dela.

_Ele acha que vai conseguir trazê-la.

_O que você acha que vai acontecer se isso não acontecer?

_Não sei mana. Não sei mesmo. O pai pode ficar mal.

A mãe de Juan estava determinada a ver seu filho casado e finalmente ele conseguiu encontrar uma mulher a altura. Irene era uma mulher de opinião firme que sempre conseguia o que queria. A felicidade de seu único filho estava acima de qualquer coisa, sabia que Juan nunca teve a vida normal que dizia, seu marido sempre fora um pai um tanto omisso na educação moral do filho, bebia de mais, trabalhava demais, tinha amantes demais, escândalos demais e amor de menos pela própria família. Criou seu filho sozinha, com amor e dedicação, mimando-o e protegendo ele do pai austero que descontava sua raiva e frustração batendo no filho sem piedade. Juan fugia do pai sempre que o via chegar em casa. Quando soube do romance do seu filho com uma professora, Irene viu a chance de ver finalmente seu filho construir uma família. Tratou logo de saber tudo a respeito de Lorena, adorou ver que era uma moça de família e muito trabalhadora. Quis conhecê-la, sabia que não era a mulher ideal que sempre imaginou ao lado do filho, mas via que ela tinha classe e podia aprender com muito com ela. Sorria olhando o celular na mesa, seu filho estava com ela naquele momento por isso não tinha atendido a sua ligação. "Aproveita sua vida meu filho, eu vou gostar muito de ser avó." Juan e Lorena estavam deitados conversando sobre a viajem ao Brasil.

_Já avisei meus pais Juan. O meu irmão vai nos buscar no aeroporto.

_Não vou poder me ausentar por muito tempo. Sinto muito.

_Eu sei amor.

_Você sabe que tenho compromissos, minha mãe também não pode ficar sozinha por muito tempo. bem. calça.

_Fique tranquilo São apenas quinze dias, eu prometo. Já conversei com a Irene, ela vai ficar

_Agora eu preciso ir embora. – Diz se levantando, pega sua camisa de linho branca e sua

_Mas já? É cedo ainda, fica comigo essa noite.

_Não posso amor.

_Por que? Hoje é sábado. Sua mãe sabe que ficamos juntos o fim de semana.

Ele pega o celular ligando, mostra para ela as ligações de Irene.

_Veja! Ela já me ligou quatro vezes, deve estar precisando de alguma coisa.

_Não deve ser nada. Liga de volta e veja o que ela precisa.

_Por favor amor, eu vou ter que ir mesmo. Não fica assim.

Ele senta ao meu lado levantando o meu queixo.

_O que você vai fazer em casa?

_Por favor, nos vemos amanhã, prometo. Não precisa fazer essa cara.

_Tudo bem, se você não quer ficar comigo....

_Amor, não precisa fazer drama, eu volto amanhã, está bem?

_É claro que está. Eu não posso fazer nada mesmo, para você mudar de ideia

Juan foi embora mesmo com todos os apelos, antes ele ficava o final de semana todo, nunca se preocupou com o que a mãe queria. Ele ficava a noite toda, ultimamente a desculpa era a mãe, eu sabia da quantidade de empregados que eles tinham na casa, e Irene tinha uma enfermeira que não a deixava sozinha, era um posto de vinte e quatro horas.

Assim que Juan foi embora, fiquei na janela olhando a vista, tomava um pouco de chá quente, o tempo estava fechado naquele começo de outono, a cidade estava ainda mais linda, assustei quando o telefone toca. Deixei a caneca de lado indo atender despreocupada.

_Alô!

_Lorena, sou eu.

_Oi Fábio. – Disse sentando na cadeira pegando a xícara na mão. – O que você conta de novo?

_Queria dizer que já reservei a passagem para a Espanha. Logo vou te ver.

_Está decidido mesmo a vir aqui.

_Estou, mesmo sabendo que você não esteja tão feliz.

_Bom, não posso fazer nada para impedir, você é maior de idade e deve saber o que faz.

_Você pode me passar seu endereço?

_Meu endereço? Você quer vir na minha casa?

_E por que não?

_Aqui não Fábio. De jeito nenhum.

_Por que não Lorena? O que você está escondendo de mim?

_Não estou escondendo nada. Apenas não quero lhe dar o meu endereço. Já imaginou se o meu pai fica sabendo que estou sozinha com você aqui?

_Lorena você é maior de idade, sabe muito bem o que faz e o que quer, deixou de ser adolescente há muito tempo, mesmo que ainda se comporte como uma.

_Eu não posso e não vou lhe dar o meu endereço, se quiser podemos nos ver no seu hotel. Liga quando você chegar.

_Não eu quero o seu endereço.

_Já lhe disse que daqui eu não dou.

_Lorena deixa de ser teimosa e me passa logo esse maldito endereço, eu não quero ficar tanto tempo numa ligação internacional.....

_Então não fica. – A terminar de dizer desliga o telefone.

Fábio ficou atordoado, ligou novamente não queria discutir com ele diante da sua insistência atendi.

_Fábio eu não quero mais falar com você.

_Por que Lorena? O que foi que eu te fiz?

_Nada, você não fez absolutamente nada.

_Não estou te entendendo. Você disse que nunca ia se esquecer de mim, mas você se esqueceu, não foi?

_Como posso te esquecer se você está sempre me ligando?

_Você mudou muito. Eu sei que está namorando um cara

chamado Juan.

_Se você sabe então não preciso lhe dizer mais nada.

_Apenas me diga o seu endereço, para poder te ver. É pedir demais?

_Pela ultima vez, não vou lhe dar o meu endereço. Porque não quero que a vizinhança fique pensando que eu vivo recebendo vários homens aqui na minha casa.

_Muito bem. Então vamos marcar um lugar para nos encontrar. Pode ser onde você quiser.

_Não sei, preciso pensar a respeito. .- Antes que termino de falar ele diz:

_Já sei o tal Juan, você precisa falar com ele. – Fez uma pausa antes de continuar. – Muito bem minha querida Lorena, eu apenas quero que você saiba que ninguém vai te amar como eu te amo. Sei quando perdi uma batalha. Saiba apenas que estarei sempre aqui quando precisar.

_Eu espero não precisar. Mas obrigada. Adeus Fábio.– desligo

_Adeus amor. – Fábio diz sabendo que Lorena não mais ouvia, deixou o telefone sentindo as lágrimas queimando no rosto.

Amara Lorena como toda mulher merecia ser amada, mas não foi correspondido, seu coração doía muito, batendo fraco no peito. Aquela mulher não estava merecendo todo aquele amor que sentia. Mesmo assim faria de tudo para chegar até ela.

Finalmente depois de dois longos meses chegou o dia de embarcar de volta ao Brasil. Juan e Lorena chegaram numa manhã ensolarada, tudo era alegria e felicidade. Fomos recebidos pelo Edu que se mostrou bem prestativo. Mesmo agindo estranho ao falar com o Juan, demonstrava que não tinha gostado dele.

_Por que está agindo assim Edu?

_Eu não gosto desse sujeito.

_O que ele lhe fez?

_Nada. Apenas não gosto dele.

Sabia que ele era fiel e grato ao Fábio porque ele lhe deu emprego.

_Pai você pode fazer sala para o Juan? Eu preciso ir ao supermercado.

_Pode ir filha.

Queria preparar um deliciosa jantar para todos, mostrar a boa e diversificada culinária brasileira para ele. Conhecia seu gosto e queria eu mesma preparar tudo com as próprias mãos. Terminei as compras, as sacolas estavam pesadas, fui até onde tinha alguns táxis estacionados, tinha comprado mais do que o necessário. Mas não queria fazer feio. Empurrava o carrinho quando dois braços fortes entrelaçaram minha cintura.

_Fábio você me assustou.

_Deixa que eu ajude, venha comigo. Meu carro está estacionado logo ali na frente.

_Obrigada, mas não precisa. Ele parou o carrinho olhando para mim.

_Por favor Lorena não faça isso....

_Fábio eu não quero, não preciso da sua ajuda. Deixe-me em paz.

Ele fechou a cara não ligando para o que eu tinha dito, pega algumas sacolas e vai colocando dentro do carro, olho para ele segurando o seu braço.

_Pare por favor.

_Entre! – Disse com autoridade.

Eu pego as sacolas devolvendo para o carrinho, saio em direção oposta. Ele vem atrás.

_Aonde você vai? Eu disse que vou te levar.

_Eu lhe disse que não precisa.

Ele para na minha frente.

_Tudo bem. Vou lhe deixar em paz se, você olhar nos meus olhos e dizer que não sentiu nada com os meus beijos.

Qualquer coisa que dissesse naquele momento poderia soar como mentira.

_Diz Lorena! Olhe nos meus olhos e diz que você não sentiu absolutamente nada com os meus beijos.

_Fábio me deixa em paz por favor. Não me force a ser indelicada.

Numa atitude que me pegou de surpresa, Fábio segura o meu rosto e me beija, nem precisou se esforçar muito para aquele beijo ser retribuído com a mesma intensidade. Tudo parecia que girava e, nada mais existia além de nós.

_Diga agora que não sente nada. Minha adorada Lorena.

Olhava para ele como se somente agora via aqueles olhos azuis e meigos.

_Eu........- gaguejava as palavras – não senti....nada....

Fábio solta o meu rosto, num gesto impetuoso volta para o seu carro batendo com força a porta, sai passando por mim indo embora. Fiquei apenas olhando incrédula. "Você ainda vai ser minha. Não quer admitir que sentiu algo por mim, não é? Pois bem, vou te fazer me amar, custe o que custar." Pensava ele quando vê que ela havia deixado algumas sacolas sobre o banco.

Parou na frente da casa de Lorena deixando as compras com o Eduardo.

_Oi Fábio, entra. – Disse ele

_Não, eu só vim trazer a sacola que a sua irmã esqueceu no meu carro.

_E onde ela está?

_Deve estar chegando por ai.

_Por que ela não veio com você?

_Não quis.

_Por que? O que a Lorena tem na cabeça?

_Já vou indo, não quero que ela chegue e pensa que estou andando atrás dela.

_E por que ela ia pensar isso senhor? – Diz uma voz logo atrás dele.

Os dois se voltaram para ver Juan, que estava ouvindo a conversa toda.

_Olá Juan. Venha conhecer o meu amigo e patrão, Fábio.

_Muito prazer Juan ao seu dispor. – Diz ao estender a mão.

_O prazer é meu. – Respondia serio na sua fisionomia.

_Ele é......ele é....- Tentava dizer Edu, não sabendo como.

_Sou o noivo da Lorena, gostaria de entender o que vocês estavam conversando.

_Noivo? – Fábio estava incrédulo com a notícia.

_Sim, pretendemos nos casar em breve.

_Que sejam felizes! – Respondeu saindo sem dar chance alguma de falar mais alguma coisa.

_Fábio? – Chama Edu indo atrás do amigo – Desculpe amigo, eu não sabia como lhe contar. Não queria que você sofresse.

_Ele não pode casar com ela. Ele não a ama como eu amo a sua irmã.

_Disso eu sei Fábio, mas o que posso fazer?

_Você nada. Mas ela pode, ela não ama esse sujeito e vai estragar sua vida.

_E como você sabe disso?

_Por que eu a beijei, senti que ela sente algo por mim. Mas não quer admitir.

_Fábio você a beijou?

_Eu a peguei de jeito. – Dizia demonstrando com as mãos como fez para beijá-la. – Você sabe que eu não gosto de ser desafiado, e isso sua irmã faz muito bem. Ela não queria me dizer o que sentia quando a beijo. Então, eu a beijei como nunca. Mas a danada escapou e não me disse o que sentia. Mas eu senti a vibração do corpo dela. Isso prova que ela não ama esse cara.

_Olha Fábio eu não vejo a coisa desse modo, acho que você está apenas se iludindo com ela.

_Eu não vou deixar ela se casar com ele. Esse almofadinha de etiqueta.

_Eu sei, pensei o mesmo.

_Ela não pode fazer isso comigo.

_Ela me contou que está gostando muito dele.

_Será mesmo? Ou ela quer fugir do que sente por mim?

_Bom, isso eu não sei. É melhor você perguntar a ela, vem vindo ai.

_Vou embora, não quero ter ela tão perto e não poder fazer nada. Até mais Edu. – Ele entra no carro saindo em seguida.

Quando Edu ia entrando
_O que ele queria aqui?

_Veio trazer uma sacola que você esqueceu no carro.

_E o Juan?

_O Dom Juan está lá dentro conversando com o papai.

Fábio tinha pedido ao Edu que descobrisse o endereço da irmã na Espanha, não foi difícil. Com o Juan tão falante e gentil com todos.
Atrás do volante sentia ainda na boca o gosto do beijo, o cheiro do perfume que não saia de sua memória. Fábio tinha certeza de que ela sentia algo forte por ele. "Se ela não sentisse nada não correspondia os meus beijos."

CAPITULO X

Naquele momento não sabia o que estava sentindo, o beijo do Fábio mexeu muito com os sentimentos que antes estavam tão bem guardados. Ele sabia ser insistente, falava sobre amor, olhava agora para Juan com um olhar mais critico, me perguntava se realmente o que sentia por ele era amor. Fábio não apareceu mais, durante a estadia no Brasil só havia visto ele uma única vez. Com a hora de ir embora chegando queria despedir-me dele. Pela primeira vez não se sentia mais tão confiante e nem tão feliz por ir embora. Juan dizia estar com saudades de casa e da sua mãe, se preocupava com ela.

Ao chegar à Espanha, fiquei em casa e Juan foi para a sua.

A vida voltava ao seu estado normal, ou quase, pela primeira vez senti vontade de ligar para Fábio. Peguei no telefone várias vezes até decidir telefonar, sem resultado. Ele não estava nem no escritório nem em casa.

No dia seguinte estava na escola, turma nova. Novos objetivos e metas para serem atingidos. Juan mostrava se mais distante depois que chegou da viajem, não aparecia em casa depois da aula como antes fazia. Apenas nos fins de semanas, mas não para dormir.

Intimei-o a aparecer em casa para uma conversa, sentia que ele emagrecia a cada dia, não sabia o que estava acontecendo com ele e, o que estava afetando sua saúde. Conversou com a dona Irene que também nada sabia, na sua voz podia sentir a preocupação na voz. Ao sair da escola fomos juntos para casa. Parou em frente ao portão.

_Amor, você vai ficar hoje? – Perguntei ansiosa

_Você gostaria?

_Sim, muito.

_Eu bem que gostaria mas, não posso.

_Porque? Faz tempo que você não dorme aqui.

_Outro dia eu fico, prometo.

_Não vai me dizer o que está acontecendo?

_Não está acontecendo nada, pode ficar tranquila

_Ok! Dessa vez passa. – Ele me dá um beijo indo embora.

Fábio estava muito magoado, a saudade rondava seu coração, sentia aquele aperto angustiante, queria tirar Lorena da cabeça e do coração. Ao mesmo tempo queria ela não importasse o que ela sentisse por ele. Amava aquela mulher como louco, sofria por ela e quando viu o "tal Juan" e como ele era bonito e jovem. Sentia muito ciúme, queria estar no seu lugar. O gosto do beijo não saia da sua memória. Deitado agora em sua cama, revirava-se de um lado para outro, pensava em tudo o que ia fazer quando a visse novamente, não ia perder as esperanças, era a única coisa que ainda lhe restava. O sono não vinha, apenas o desespero de sentir faltar daquela mulher que tanta falta lhe fazia. Ia até a Espanha e se tudo corresse como pretendia, ela voltaria com ele.

Lorena via a diferença no seu relacionamento com Juan e comentou com a Irene que tratou logo de questionar o filho. Tiveram uma briga feia, no dia seguinte não Juan não foi para a escola, seus alunos tiveram se ficar sem as suas aulas. Chegou em casa a noite, assim que ouvi o som do carro estacionando corri para recebê-lo toda feliz.

_Amor que bom que você veio. – Abri a porta dando passagem para ele, o beijo foi como se fossemos amigos de longa data. Ficou parado no meio da sala sem nada dizer. – Aconteceu alguma coisa?

_Aconteceu sim. – disse finalmente ele.

_Então venha sentar-se aqui e, me conta tudo o que aconteceu.

_Eu não quero sentar, preciso falar com você algo sério.

_Sou toda sua. Pode dizer.

_Você acha que é fácil?

_Não sei amor. Não sei do que se trata. Porque não conta e resolvemos isso.

_Eu não vou mais me casar com você.

Parecia que um balde cheio de gelo não surtiria tanto efeito quando aquelas palavras.

_Você não me ama mais?

_Para dizer a verdade é por isso que eu não vou me casar com você.

Deixei-me cair na cadeira.

_Oh!

Ele se ajoelha na minha frente colocando as mãos sobre as minhas pernas e, continua:

_Queria que fosse de outro jeito....

_Então não me ama mais!

_Amo sim e muito. Mas estou condenado.

_Condenado? Como? Por que?

_É um pouco complicado o que eu tenho a lhe dizer, apenas sei que devo a você uma explicação.

_Por favor estou ouvindo.

_É....que ....eu não sei como dizer.

Ele se levantou ficando parado em frente à janela, olhava para fora. Ficou em silencio por uns minutos, anda em direção a porta coçando a cabeça se vira para me dizer:

_Eu falo com você outro dia.

Corro até ele impedindo que ele saia.

_De jeito nenhum você vai embora assim. Por favor Juan me diz o que está acontecendo com você, quero apenas ajudar.

_Você não pode...ninguém pode. – As lágrimas começam a rolar pelo seu rosto, ele cobre com uma das mãos.

_Venha sentar-se aqui. Seja o que for que você tenha para me contar eu vou te ouvir. Estou aqui com você para qualquer coisa.

Enquanto falava ele balançava a cabeça negativamente.

_O que você tem Juan? Por acaso é alguma doença grave?

Ele me olha com os olhos molhados pelas lágrimas, abraço ele fortemente.

_Meu amor você não está sozinho. Por acaso foi ao médico? Se quiser eu te levo, vamos fazer todos os exames e você verá que tem cura. Não precisa desistir do casamento apenas por isso. Vamos enfrentar juntos.

_Você não entende ou não quer entender Lorena   Juan fica nervoso.

_Entendi sim! Você está doente, mesmo não me contando nada a respeito, eu sei que tem cura. Hoje a ciência está muito avançada, seja o que for.....

_Pare por favor. – Ele diz levantando-se - Eu não quero sua pena.

_Não estou com pena de você. Quero apenas te ajudar.

_Ninguém pode. Já lhe disse.

_Meu Deus do céu Juan. O que você pode ter de tão grave que não possa ter cura. Por acaso é câncer?

Ele fica me olhando sem nada dizer.

_Não pode haver nada pior do isso. Mas tem cura se for diagnosticado no inicio. Sei disso.

_Há sim algo muito pior. – sua voz soou fraca e discreta – Eu não queria   juro para você que tentei ser eu mesmo depois que te conheci. Mas não consegui viver a mesma vida. Olhava para ele sem nada entender, deixei continuar vendo que estava bem nervoso.

_Achei que fosse mais fácil, mas não. Não quero que aconteça com você.

_Juan...

Tentei dizer algo, mas sou impedida. Ele faz uma pausa andando de um lado para o outro, apenas continuo calada.

_Não tem outro jeito Lorena que não te contar tudo. Queria te poupar, juro que queria. Não vejo outra maneira. Você vai ficar sabendo mais cedo ou mais tarde. Porque se eu não lhe contar minha mãe fará isso, ela agora está no hospital por causa do que lhe contei.

_Meu Deus Juan, o que ela tem?

_Você sabe que ela é fraca do coração. Não suporta fortes emoções. A pressão subiu quando eu lhe contei.....- Ele para me olhando e cai de joelhos aos meus pés abraçando. - Por favor Lorena antes de qualquer coisa me diz que me perdoa por tudo o que vou lhe dizer.

_Seja o que for Juan, estou com você.

_Apenas diga que me perdoa. Eu preciso ouvir isso de você.- Gritava aquele apelo.

_Não sei o que é, mas eu te perdoo

Digo com uma dor no coração, sem saber o que estava perdoando. Ele se levanta e, me chama para sentar ao seu lado, ele segura na minha mão, olhando nos meus olhos ele fala:

_Há muito tempo eu sonhava com um grande amor, como o que nós temos. Eu amei a sua família. Sei que você me ama, sei que seríamos muito felizes juntos, mas, apareceu uma outra pessoa na minha vida. Que dizer apareceu novamente, por que já tivemos um relaconamento no passado, depois nos separamos e essa pessoa foi para a Grécia....

_Está tentando me dizer que me traiu ou estou confusa. Você me disse que estava doente?

_Eu vou chegar lá. – Ele beija minha mão para continuar no mesmo tom calmo: - De certo forma eu te trai sim.

_Como assim de certa forma? Eu não estou entendendo.

Fiquei um pouco nervosa e ansiosa, não sabia porque todo

aquele terremoto com os meus sentimentos.

_Vou explicar melhor....

_Não vai enrolar, diz logo quem é. Ela é da escola?

_Não é da escola e não é ela.

Olho para ele sem entender.

_Como assim?

_É ele! - que disse abaixou os olhos não conseguindo me encarar.

_Como assim "ele"? – a minha cara de duvida era visível.

_Não torne isso mais difícil do que já é por favor. – ele toma fôlego e continua: - Ele e eu tivemos um caso no passado.

_Juan está tentando me dizer que é homossexual?

_É isso ai. Você foi à única mulher da minha vida, a única que eu amei de verdade e, que estava disposto a me casar e viver a vida que minha mãe sempre quis para mim. Mas essa pessoa apareceu novamente e.....

_Por favor me poupe dos detalhes. – Digo não conseguindo mais segurar as lágrimas. – Juan eu jamais imaginei que um dia isso fosse acontecer. É por isso que sua mãe está no hospital?

_Não é por causa disso. Ela sempre soube da minha condição sexual, apesar de nunca aceitar a minha escolha.

_Então por quê?

A fisionomia dele era triste, estava cabisbaixo para dizer:

_Eu sou soro positivo.

Aquelas palavras caem como uma bomba sobre mim. Caio de ajoelho estática sem entender, tentava articular algumas palavras que morrem na garganta. Deixo as lágrimas escorrerem pelo meu rosto, delicadamente ele passa os dedos enxugando gota por gota, assustei me e afasto dele repentinamente. Olho a tristeza estampada nos olhos dele. Percebendo o que tinha feito volto para ele dizendo:

_Perdoa! - Nos abraçamos e choramos juntos num desespero que só nos é podíamos entender sem articular palavra alguma. Nosso silencio dizia muito mais.

Olho para ele acariciando seu rosto.

_Desculpe...eu...não queria...

_Eu não tenho nada que perdoar você. Apenas esta sendo você mesma, não se culpe por nada.

_Estou do seu lado para o der e vir. Pode contar comigo amor. – Digo no calor do

momento, mas foi algo que cumpri até o fim.

_Você é maravilhosa sabia?

CAPITULO XI

Foi a pior fase de nossas vidas, o pior que poderia acontecer a qualquer casal. Estava sendo muito difícil vê-lo definhando aos poucos. Uma semana depois dessa revelação sua mãe o internou para fazer tratamento. Ela
mandava vir dos Estados Unidos remédios caros, que não anunciava a cura, mas sim a estabilização ou a não progressão da doença.

Carmem estava novamente diante do dilema de encontrar um novo professor de matemática, Pablo não sabia o que dizer quando me encontrava no corredor do colégio, eu me dividia entre as aulas e o hospital. Apenas eu a mãe dele tinha livre acesso aos seus aposentos. Irene estava cada vez mais triste com a doença do filho. Num desses dias que eu chegava do colégio, ela estava sentada no corredor chorando, não perdia a pose, se arrumou como se fosse a uma festa de gala, ostentava muitas joias e uma maquiagem pesada para o lugar.

_Oi Irene. – Falava me aproximando perto dela. – Como ele está?

_Olá querida. Ele está bem diante de tudo isso. – Diz enxugando o nariz.

_Não deixe ele te ver assim. Pode entristecesse ele ainda mais.

_Pode sossegar que eu não vou deixar ele me ver assim.- Ela segura minha mão ao continuar. - Obrigada de todo meu coração

Lorena, pelo que você está fazendo pelo meu Juan.

_Não diga isso, você sabe que eu o amo muito. Não poderia deixar ele sozinho numa hora dessa.

_Gostaria de que você viesse morar em uma de nossas casas que tem aqui perto do hospital, assim você não precisa se locomover com tanta dificuldade.

Depois dessa conversa ela preparou tudo para minha mudança. A casa ficava nos arredores do hospital, era bem próximo ao colégio onde dava aulas também. Era um pequeno e aconchegante sobrado de pedras vermelhas, antigo, todo coberto por musgos dando um ar romântico a casa. Deixei a casa do Paco levando apenas objetos pessoais, ao sair deixava para trás lembranças boas e más.

A minha vida tinha sido dividida entre escola e hospital, passava a noite toda, uma cama foi colocada para que eu tivesse mais conforto, não saia do lado do Juan. Assistíamos televisão juntos, ouvíamos música, eu lia um livro para ele, contava como tinha sido a aula. As vezes percebia que ele se virava para o lado chorando a própria sorte, principalmente quando eu lhe contava algo de agradável que tinha acontecido ou quando fui até a livraria e comprei um livro, ao retirar o livro da prateleira derrubei um bocado deles. Eu ria da própria travessura, ele apenas esboçou um leve sorriso no canto da boca e se virou.

_O que aconteceu Juan?

_Eu não tenho o direito de te manter presa aqui. Você tem uma boa vida lá fora.

_Deixa de ser chato, eu não estou reclamando de nada.

_E desde de quando você reclama? Ai é que está o problema. Você fica guardando todo esse stress dentro de você sem nada colocar para fora.

_Não se preocupe que eu.....- parei de falar porque ia dizer bobagem.- Desculpe não foi minha intenção.

_Você tem razão. Não precisa se desculpar. Você tem a vida toda pela frente. Quero que você aproveite-a de um modo maravilhoso e sem olhar para trás. Não pense nesse período que estamos passando, pense apenas nos bons momentos que tivemos. Nas nossas escapadas da escola, para tomar um sorvete....

_Ou aquela viajem maluca que fizemos, quando você me tirou da sala de aula me levando para um piquinic.

_Aquele dia foi tudo de bom.

_Foi mesmo!

_Fizemos amor naquela grama com uma vaca olhando tudo. – Ele dizia gargalhando – Adoro ouvir sua gargalhada.

Antes que dissesse algo a enfermeira trazendo um coquetel de remédios que o deixava zonzo. Foi uma pena porque nossa conversa estava sendo muito legal.

Ele se fechou novamente, o humor que até bem pouco tempo tivera desaparecera como por encanto, enquanto era medicado ele olhava tudo aleatóriamente. Até que virou para a parede adormecendo.

Mesmo falando com minha família não contei nada do que estava acontecendo. O Juan piorava a cada dia, mesmo bem alimentado e medicado sua saúde continuava delicada, era visível sua doença. Sua mãe não aguentava mais ficar ao lado dele, sentia-se cada vez mais debilitada, tomava fortes remédios para conciliar o sono.

Pedi uns dias de licença no colégio para cuidar por mais tempo da saúde de Juan que definhava aos poucos o viso do seu rosto dava lugar a ossos salientes, olhar fundo. Eu pesquisava na Internet sobre a doença e uma possível cura. Existia remédios que ele já tomava, mas nada de saberem a cura para a doença. Eu não tinha mais vida própria, vivia apenas para ficar ao lado de Juan. O único apoio que eu encontrava era lecionando. Paco e Carmem era o porto seguro naquele momento, segurava todas as minhas barras sabendo o que estava se passando.

_Lorena você não pode deixar sua vida de lado. – Disse ele certa vez que veio me deixar no hospital – Você precisa sair se distrair, viver um pouco.

_No momento eu não posso. Não vou deixar o Juan sozinho, a Irene não tem condições de ficar com ele.

_Se continuar assim você pode acabar ficando nesse hospital.

_Não se preocupe Paco estou bem.

_Se cuida por favor. Eu não quero perder uma amiga como você.

Dou-lhe um beijo no rosto como agradecimento, saio do carro entrando no hospital, já estava acostumada com o cotidiano, conhecia cada médico e enfermeira, sabia da metade da vida de todos. Entrava sem mostrar documentos, cumprimentava todos como se fosse um deles.

Tentei várias vezes entrar em contato com o Fábio, sentia mais do que nunca falta dele, de ouvir as palavras bonitas que me dizia, tentava encontrar nele um ombro amigo. Para mim era uma forma que havia uma vida fora daquele hospital. Pedi a Carmem que tentasse entrar em contato com ele. Ela bem que tentou e não conseguiu encontrá-lo.

_Desculpe Lorena, mas parece que o seu amigo viajou a negócios e ninguém no escritório sabe quando ele vai voltar.

_De qualquer forma eu agradeço o seu esforço.

_Não tem de quê amiga. Sempre que precisar pode contar comigo.

Fiquei triste com a notícia, mas esperava por algo assim. "Ele tem uma vida e não poderia esperar por mim todo esse tempo." Já havia se passado um ano inteiro desde da ultima vez que estive no Brasil e nos beijamos. As vezes deitada no quarto do hospital me pegava pensando nos seus beijos. "Que falta você faz Fábio. Não tem ideia de quanto." Pensava olhando a janela. A chuva caia pelo segundo dia consecutivo. Os dias estavam melancólicos exatamente como meu espírito. "Antes parecia tudo tão fácil, agora veja onde estou! O que faço meu Deus?".

_Está tudo pronto para a viajem seu Fábio. – Dizia Rose pelo interfone.

_Mandou trazer minha mala de casa?

_Ela já está aqui, seus filhos também para levá-lo ao aeroporto.

_Eu disse que não queria despedidas.

_Não íamos deixar você ir sem nos dizer nada. – Disse Patrícia

_Entra aqui filha.

Ela e o irmão entraram na sala com a mala nas mãos. Abraçou o pai pelo pescoço dando um grande beijo, o mesmo fez Carlos. Foram interrompidos por Edu que entrava sem se anunciar, abriu a porta batendo de leve.

_Desculpe se estou atrapalhando é que você precisa ir ou vai perder o voo.

Fábio sabia muito bem que aquele rapaz era muito mais do que um funcionário para ele, tinham se tornado amigos e confidentes, ele sabia como ninguém o potencial dele. Por isso, o preparou para ocupar o seu lugar. Não disse para onde ia para

que não falasse para Lorena, queria fazer uma surpresa a ela. Eduardo conseguiu o endereço da irmã com o noivo, tratou logo de repassá-lo a Fábio que guardou preparando a viajem. Chegou na cidade de Toledo, numa fria tarde de segunda feira, a cidade estava complicada por causa da neve e da chuva que caia na cidade. Deixou tudo no hotel, pegou um táxi dando ao motorista o endereço ao qual ia.

A sua surpresa não poderia ser maior, quando chegou não encontrou ninguém na casa, ficou pensando em várias possibilidades. "Será que o tal Juan não enganou o Edu dando o endereço errado? Ou será que ela se mudou e não disse nada a família?". Perguntou aos vizinhos e disseram que ninguém morava mais ali. O desespero se abateu sobre ele, não sabia o que fazer e nem para onde ir. Não tinha conhecimento do colégio onde ela lecionava, "o que eu faço agora meu Deus para achar essa mulher?". Entrando novamente no táxi seguiu para o centro perguntando ao motorista sobre um famoso colégio, havia muitos na região, ele poderia obter informação na faculdade que era apenas uma e muitos professores davam aulas nos colégios da redondezas também.

_Não deve ser difícil o senhor achar o colégio que procura. – Fala o motorista.

Fábio não foi muito feliz na sua pesquisa, o diretor não queria dar informações sobre seus professores. O único jeito foi ir até um dos colégios.

_Aqui teve sim uma professora com o nome de Lorena. Ela foi para Madri.

_Eu sei que a senhora pode estar relutante em me dar o endereço dela, mas eu preciso encontrá-la e com urgência.

A diretora do colégio ficou sensibilizada a historia que ele inventou e deu lhe o endereço. No mesmo dia saiu do hotel em direção a cidade de Madri sobre os protestos do gerente do hotel. Tentava se desculpar por não ficado na cidade mais tempo. Fábio não estava interessado em turismo mas, somente em encontrar Lorena.

Seguia o endereço que a diretora do colégio lhe entregou, era uma pista de onde poderia encontrar Lorena. Ao parar em frente ao portão da casa cheia de flores disse para si mesmo:

_É a cara da Lorena. – Respirou fundo tocando a campainha Uma jovem atendeu.

_Pois não senhor.

_Estou procurando a Lorena. Disseram que ela morava aqui.

_Morava sim, mas mudou-se para a Itália.

_Para a Itália? – Disse incrédulo

_O marido dela não estava muito bem de saúde e a cidade de Florença tem o clima propicio para o estado dele.

_E por acaso a senhorita tem o endereço do lugar?

_Por acaso ela deixou o endereço sim. Para mandarmos a correspondia assim que chegasse.

CAPITULO XII

Fábio pegou o pedaço de papel amaldiçoando o tal de Juan. "Ela foi obrigada a mudar para a Itália por causa da saúde do bonitão. E nem comunicou a família, que
injusta você está sendo Lorena." Pensava ao embarcar novamente.

Ele não estava que acreditando que corria a Europa atrás de um amor que nem sabia se ia ser correspondido por Lorena. O frio era ameno naquela parte do país. Ao descer do táxi viu uma senhora mexendo na terra, estava plantando alguma coisa, um senhor um pouco mais velho do que ela estava sentado numa cadeira de rodas com uma manta sobre as pernas.
_Bom dia senhora.
_Bom dia. – Respondeu a senhora se levantando-se do chão.
_Estou procurando uma pessoa e gostaria de saber se a senhora pode me ajudar.
_Pois não.
_Ela é uma professora que morava na cidade de Toledo, ao que parece veio para cá há pouco tempo. O nome dela é Lorena.
_Sou eu mesma.
Fábio olhou incrédulo para ela.
_Em que posso ajudar o senhor?
_Desculpe a minha cara de incrédulo. É que eu esperava

encontra outra pessoa, acho que a pessoa que me deu o endereço se enganou e foi um terrível engano. Desculpe se eu tomei seu tempo.- Ele foi se retirando para o táxi. – Senhora, senhor. – Disse num cumprimento para os dois.

A Lorena que ele encontrou era uma senhora aposentada. Desiludido ligou para os filhos do hotel, estava cansado de seguir pistas falsas.

_Pai não se preocupe com nada. Por aqui tudo esta perfeitamente bem. O Edu tem dado conta do recado. Por que o senhor não tira umas férias?

_Acho que vou seguir o seu conselho.

_E para onde o senhor pretende ir?

_Vou ficar por enquanto por aqui mesmo. Tem uma exposição de carros que eu pretendo visitar.

_Cuidado com as italianas papai.

_Elas é que tem que ter cuidado comigo. – Falava tentando brincar, mas não conseguia o efetio desejado.

_Sei senhor garanhão.

Na manhã seguinte foi a exposição. O local estava repleto de pessoas bonitas e deslocadas, mulheres fantásticas, homens de ternos e cheio da grana. Passeava pela exposição despreocupado, olhava em cada rosto querendo ver o de Lorena. Tentava se divertir um pouco, logo teria que voltar ao Brasil.

Os meses foram passando para Juan, que definhava cada dia mais. Eu já não o reconhecia mais, aquele homem bonito, tão cheio de vida que conheci, carinhoso, gentil de personalidade humana tão bonita que não era justo a doença tirar tudo isso dele.

Com ele as noites tinham sido mais românticas. Juan sabia como agradar uma mulher, sabia exatamente do que elas precisavam, tinha uma sensibilidade como nenhum outro que Lorena conheceu jamais teve.

Lorena dava comida na boca de Juan, estava em estado desolador. Irene não via o filho desde que entrou para a UTI. Os médicos tentavam de tudo para salvá-lo, experimentavam novos medicamentos, mas, nada acontecia, os médicos diziam que a recuperação era lenta, mas o que Lorena via era a vida de Juan indo embora.

_Onde.....está a mamãe? – Perguntou ele não querendo mais comer.

_Ela não está muito bem Juan. Por isso estou aqui, a pressão dela subiu.

Ele tentou se levantar não tendo forças para isso. Coloquei mais um travesseiro nas costas dele para ficar mais alto.

_Não se preocupe que ela está sendo bem cuidada. Estive ontem com ela. Todos os empregados da casa, têm o telefone do seu quarto, qualquer coisa eles vão me ligar. Agora fique calmo, tente dormir um pouco. Você precisa poupar suas forças.

Ele dormiu quase que imediatamente. Sentei na cadeira com a mão na boca. As lágrimas rolavam pelo meu rosto, estava chegando no meu limite. A licença que havia tirado do colégio já estava chegando ao fim. Logo teria que voltar a dar aulas, não sabia com que cabeça, porque o estado dele não era nada bom. No estado em que Juan se encontrava era difícil para as enfermeiras fazer o seu trabalho, ele não deixavam elas tocarem nele, eu tinha que fazer tudo sozinha.

Não foi fácil voltar a dar aulas, nesse momento tão crítico que vivíamos. Carmem via que eu estava sobrecarregada e diminuiu as aulas, Paco tomou a frente por três vezes por semana, eu apenas duas, o que para mim era um alivio sair daquele hospital.

Quatro meses foi o que restou da vida de Juan. Ele não aguentou e veio a falecer! Aquele homem com mais de 1,90 metro de altura, com mais de 90 quilos, não pesava mais do que 38 quilos, contar a Irene que tinha perdido o único e amado filho não foi tarefa fácil. Ela teve que ser internada com crise nervosa, quase não conseguia seguir o enterro, foi amparada até o mausoléu da família. Paco e eu cuidavámos de todos os preparativos, dando a Juan nossa ultima homenagem.

Parecia que tudo tinha tomado rumo adverso ao planejado, olhava os nossos convites de casamento que a mãe, sem a nossa autorização, mandou confeccionar. Eram muito bonitas, letras douradas e grandes, destacando o nosso nome naquele fino papel branco. A gráfica recebeu tudo de volta quando soube o que aconteceu, iam reciclar e reutilizar, para outro fim, apenas guardei um de lembrança. O pessoal do hospital estavam no enterro, assim como o Pablo e a Carmem. Assim que terminou a cerimônia me levaram para casa. Tirei dois dias de folga, percorria a cidade andando de trem, tentando distrair a mente.

Na manhã de uma ensolarada segunda feira, eu estava na sala dos professores esperando o horário da aula começar, quando Carmem entra.

_Bom dia Lorena.

_Bom dia Carmem.

_Como você está se sentindo?

_Triste. Muito triste. – Uma pausa se faz entre nós. – Para dizer a verdade eu não sei muito bem o que estou sentindo.

_Você me conhece e sabe que eu não sou mulher de rodeios e sou muito objetiva.

Ela senta a minha frente cruzando os braços para continuar:

_Lorena talvez você não saiba mas, muitas mães estão querendo tirar os filhos do colégio depois que souberam do estado do Juan. – Ela se debruça na mesa me olhando – Sinceramente vou lhe dizer que ainda estou chocada com o que aconteceu com ele. Eu era amiga da família há muito tempo e nunca soube da condição do Juan. Para dizer a verdade nem desconfiava da vida que ele levava. Ele era muito discreto que conseguiu esconder tudo muito bem. Mesmo ele sendo um homem tão inteligente não se preveniu, contraindo essa terrível doença que acabou com uma vida maravilhosa que ele tinha.

_E qual a sua preocupação?

_Você! Eu estou reparando agora que você está muito magra, abatida. Não é mais aquela Lorena cheia de vida, com as bochechas rosadas, de pele alva e bonita. Você agora é outra pessoa. Deveria se olhar no espelho com mais frequência – Ela fez outra pausa não tirando os olhos sobre mim.

– Vocês dormiam juntos?

_Sim…- Ela não me deixa terminar a frase.

_Eu quero que você faça o exame.

_Você acha…

_Eu não acho nada Lorena, quero ter certeza absoluta. Não somente por causa da escola mas por causa também.

Fiquei sem ação naquele momento, não soube o que lhe responder. Carmem se levanta e vem ao meu lado me abraçando.

_Vá para casa Lorena. Sei que você adora lecionar mas no momento não poderá fazê-lo. Faça todos os exames possíveis e imagináveis e quando estiver pronto traga para a escola para que eu possa esfregar na cara de certas mães preconceituosas.

Realmente eu mesma precisava dessa informação, era algo que eu tinha pensado mas, não deixei esse pensamento ir adiante. Em casa peguei minhas coisas e voltei ao hospital que tinha ficado com o Juan. Fiquei conversando com a enfermeira que tinha cuidado dele, suas palavras não foram animadoras, fiquei desesperada diante daquelas afirmações.

Na volta para casa tentei ligar para o Fábio várias vezes aquele dia sem obter resultado. Joguei-me na cama chorando minha sorte, queria falar com alguém para desabafar, tirar de cima de mim aquele fardo tão pesado. Tudo parecia que desmoronava sobre mim.

◆ ◆ ◆

CAPITULO XIV

Fábio estava mais calmo do que antes, parecia o mesmo antes de ter conhecido Lorena. Estava mais conformado com o fato de tê-la perdido para aquele espanhol. Depois de ter feito bons negócios com a compra de novos veículos para sua empresa, caminhava solitariamente sobre a calçada olhando o movimento local. Admirava a beleza feminina, a postura das senhoras, e o comportamento dos jovens. Caminhava distraidamente sem interesse algum, conheceu pessoas interessantes, sentado em um restaurante na beira da calçada, percebia que ainda despertava o desejo de algumas mulheres que insistiam em admirá-lo, ele levantou o seu copo de scoth com gelo, recebendo sorrisos das moças. Estava elegantemente vestido com uma bermuda social, uma camisa de linho azul clara, óculos escuro, estava deixando o cavanhaque, lhe deu um charme especial.

Amava a Lorena e muito, era algo que para ele chegava a ser desesperador saber que não tinha chance alguma com ela. Não poderia competir com o bonitão espanhol que ela estava noiva. Ficou um mês inteiro viajando pela Itália, tinha parentes que resolveu rever, não poderia ficar por mais tempo. Mesmo já acostumado com a vida que estava levando, voltou ao Brasil.

Já voo sentou ao lado de uma elegante mulher que

ele percebeu estava sentada no seu lugar, ele fez questão de um lugar na janela, detestava o corredor, mas aquela linda senhora de mais ou menos uns trinta e nove anos estava sentada.
Ela olhou para ele entendendo porque ele ficava olhando a sua passagem e olhava para o banco.

_Eu peguei o seu lugar, não é?

_Não tem problema algum. – Mentiu

_Desculpe é que eu tenho fobia e não gosto de fica no corredor, porque não dá para ver lá fora.

_Não se preocupe, está tudo bem.

Assim que ele guardou sua mala de mão, sentou vendo uma mão cheia de anéis, unhas delicadamente pintada de vermelho com um desenho de flores.

_Prazer. Juliana.

_Fábio e, o prazer é todo meu. – Disse segurando a mão fria que estava.

Foram conversando a viajem toda. Mulher bonita de cabelos negros e curtos, era magra alta, de olhos castanhos com um tom de verde, rosto limpo de pele bronzeada. Juliana lhe contou que era divorciada, empresaria no ramo de tecidos, tinha sido modelo no seu país de origem e mudou-se para o Brasil ao se casar com um turco.

_O que fazia na Itália? – Perguntou Fábio.

_Sou designer de moda. Fui levar umas de minha criação.

_Fez bons negócios?

_Ótimos. Melhores até do que eu esperava.

_A Itália é um lugar muito bom para negócios.

_E você? O que veio fazer na Itália?

_Também vim a negócios. Vim para a exposição de carros.

_Ha! A exposição! Muito bom.

_Você foi à exposição?

_Não eu não gosto muito de carros, prefiro que dirijam para mim.

Em solo Brasileiro Fábio ajudou Juliana com as bagagens.

_Esse é o meu telefone. Se você quiser podemos marcar um jantar.

_Vou adorar. – Dizia Fábio pegando o papel e guardando no bolso da camisa.

Por dois meses eram sempre vistos juntos, pois Juliana não largou mais o seu novo parceiro, Fábio. Bem cedo chegou ao seu escritório, curtia estar ali primeiro que todos, aquele cheiro estava com saudades de tudo ali. Meia hora depois o Edu chega com um copo de café na mão.

_Fábio? Quando chegou? Porque não ligou para que eu fosse te buscar?

_Não se preocupe amigo. – ele lhe deu um forte abraço – cheguei tarde ontem, fui direto para casa. Cheguei cedo porque estava com muita saudades de tudo isso aqui.

_O seu lugar está ai pode se sentar e assumir.

_Como está as coisas por aqui? – Dizia passando os dedos sobre a mesa. Ele olha para Edu esperando que ele lhe contasse sobre Lorena.

_Se você está se referindo a Lorena eu esperava que você me dissesse.

_Eu não a encontrei como soube.

_O que eu sei é que ela ainda se encontra na mesma cidade e não saiu de lá.

_Fui no endereço que você me deu e ela não morava mais naquela casa.

_Então nada deu certo.

_Como nada deu certo? Deu tudo certo, eu fiz bons negócios. Os novos veículos são maravilhosos você vai adorar quando eles chegarem.

_Muito bem! – Edu pegou seu copo, estava perto da porta quando se volta para Fábio dizendo: - Ela quase não liga para a família.

_Quem?

_Lorena. Antes ela ligava toda semana, de uns meses para cá liga de vez em quando.

_Deve estar ocupada com o casamento.

_Da última vez que ela ligou o Juan estava doente.

Fábio não respondeu.

Edu sabia que o amigo fingia que não ligava, mas que por dentro estava se desmanchando. Edu sentou na sua própria mesa pensando onde estaria sua irmã e porque não estava no endereço que ele lhe deu. Ficou preocupado com o estado da irmã. Resolveu ligar para o amigo dela, Paco. Ele lhe contou que ela tinha tirado licença médica. Não entrou em detalhes e logo desligou.

Edu volta para a sala de Fábio que falava ao telefone com uma tal de Juliana. Bateu entrando, Fábio fez um gesto com a mão para que ele entrasse. Edu ficou parado esperando que terminasse a ligação.

_Aconteceu alguma coisa Edu? – Perguntou logo que desligou.

_Eu liguei para o colégio em que ela leciona e disseram que esta de licença médica.

_Lorena está doente? O que ela tem?

_Não entraram em detalhes.

_Ligue novamente e pede que lhe deem o endereço de onde ela mora. Agora quero o

verdadeiro.

Edu virou-se no calcanhar para sair mas Fábio o impede.

_Liga daqui mesmo.

Ele chega na mesa pegando o telefone. Agora quem atende é a Carmem.

_Bom dia, aqui é do Brasil, eu sou Eduardo, o irmão de Lorena.

_Como vai? Em que posso ajudar?

_Eu tenho em mãos um endereço dela mas ela não se encontra mais nele. Será que a senhora poderia me fornecer o atual endereço dela?

_Claro. Anote ai.

Carmem lhe passou o endereço que era totalmente diferente do que Fábio tinha em mãos. Ele olhava para os dois não entendendo porque ela tinha se mudado.

Assim que desligou, Edu entregou nas mãos de Fábio o novo endereço.

_Eu vou até lá Edu.

_Mas você acabou de voltar de viajem e a Espanha não fica aqui na esquina. Precisamos de você aqui, tem muitas coisas que só você pode resolver.

_Temos que saber o que está acontecendo com ela.

_Eu sei Fábio, também estou preocupado. Meus pais nem sonham que ela está doente, Lorena sempre teve uma saúde de ferro. Permita que eu vá ao seu lugar. Não dever ser nada de mais, pode ser um resfriado.

_Ou algo pior. Não posso deixar ela escapar. Preciso saber o que está acontecendo com ela.

_Por favor deixa que eu vá...

_Não Edu, eu preciso trazer a Lorena para casa.

_Os seus filhos também precisam de você.

_Está bem Edu você venceu. Vá logo e traga ela de volta. Por favor.

_Eu trarei pode deixar.

Lorena tinha emagrecido bastante, olhava-se no espelho vendo que seu vestido estava largo, tentava se arrumar sem demonstrar que estava muito magra. Era o dia de buscar os seus exames, não conseguia colocar roupa alguma, tudo estava muito largo. Ficou com uma calça e uma camiseta mesmo um pouco larga na cintura.

Chegou ao laboratório com quinze minutos de antecedência, estava ansiosa. Pegou o envelope saindo em seguida com ele nas mãos. "Só vou abrir em casa." Pensava. Angustiada do jeito que estava não queria ficar ali no meio da rua com aquele envelope nas mãos. Lentamente abria, o medo crescia a casa vez que olhava para o papel nas mãos quando o telefone toca. Era da clinica.

_Por favor dona Lorena o médico pediu que viesse vê-lo e trouxesse o envelope com a senhora.

_Estou a caminho.

Nervosa, Lorena não sabia o que o médico queria falar com ela.

Ao chegar na sala do médico entrega o envelope. Estava na expectativa do que ele poderia lhe dizer. Estava tão ansiosa que quase tirou o envelope das mãos dele para ela mesma ler. Ele corria os olhos pelo papel com a fisionomia séria.

_ Você pode se acalmar que está tudo bem.

_Como....assim....tudo...bem? o que isso quer dizer? – Eu gaguejava não conseguindo articular direito as palavras.

_Os exames deram negativos.

_Meu Deus. – Com a mão na boca continha a emoção.- Eu gostaria de saber se tem como eu desenvolver. ainda essa doença?

_Não. Não há motivos para preocupação o Juan contraiu essa doença há pouco tempo e, segundo ele vocês não tiveram nenhum relacionamento sexual depois que ele encontrou....- Ele para não sabendo o que dizer. - Ele me contou tudo o que aconteceu entre vocês.

_Então você sabe que ele era homossexual?

_Sei há bastante tempo. Eu o conheço desde de que nasceu. Ele veio me procurar logo que Manolo contou a ele sobre a doença. Por isso ele se afastou de você com medo de que contraisse também a doença.

_O senhor o conhecia?

_Sim, muito antes de Irene saber. Manolo é o sobrinho da minha ex- mulher.

_Oh! Foi há pouco tempo que Juan me falou sobre o assunto.

_Ele te contou depois que voltou a se relacionar com o Manolo, apenas não sabia que ele tinha essa doença. Alias nem a família sabia até acontecer o que aconteceu com o Juan. Manolo está desenvolvendo a doença também. Não lhe resta muito tempo de vida.

_Eu não sei o que dizer, apenas que estou com muita raiva desse rapaz. Ele poderia ter dito antes de se relacionar com o Juan.

_Talvez ele não sabia do seu estado.

_O senhor vai me desculpar, mas não acredito nessa possibilidade. Por que ele voltaria depois de tantos anos morando fora do país?

_Veio para o enterro da tia. Minha ex-mulher faleceu.

_Eu sinto muito. Mas ele teve a conveniência de ir atrás do Juan.

_Eu não sei o que dizer quanto a isso.

_Bom de qualquer forma estou mais aliviada depois de saber o resultado dos exames.

_Não é pra menos! Eu alertei tanto Manolo quanto o Juan contra todo tipo de doença sexualmente transmissível e não sei porque eles foram tão descuidados.

_Realmente foi uma perda muito grande.

_Mas o que importa agora é que você esta bem e continue se cuidando.

_Obrigada por tudo doutor.

_Não por isso. Se cuida Lorena.

_Pode deixar.

Mas aliviada, corri para o colégio com o resultado do exame para mostrar para a Carmem. Ela estava na sua sala, entrei com tudo, ela levanta a cabeça, tira o óculos.

_Lorena!

CAPITULO XV

Com um sorriso nos lábios entrego a ela o envelope, ela pega não entendendo muito bem. Abre e lê com atenção, sua fisionomia começa a mudar com um sorriso diz:

_Lorena, sempre soube que o resultado era esse. Você me desculpe ter feito você passar por tudo isso. Espero que compreenda.

_Eu entendo sua posição Carmem. Eu também queria fazer esse teste para alivio de consciência. Jamais ia conseguir ter outro relacionamento se não soubesse que estou bem.

_Amanhã mesmo você pode retornar a dar aula.

_Eu estou ansiosa, não aguento mais ficar sem meus alunos. Assim vou poder ter minha vida de volta.

_O que você fez pelo Juan foi muito bonito e corajoso da sua parte. Poderia tê-lo abandonado e não o fez. Se antes eu te admirava agora te admiro muito mais.

_Obrigada Carmem. Infelizmente o Juan foi vitima de uma pessoa que o iludiu. Ele sempre foi um homem sensível e carente.

_A Irene protegeu demais esse menino.

_Se está tudo certo eu vou embora e amanhã estarei de volta.

_Falando na Irene ela quer falar com você. Ligou aqui várias vezes.

_Eu vou até a casa dela. Até amanhã Carmem.

_Até querida. – ela responde voltando aos seus papeis. Antes de ir para casa passei na casa da Irene que já me aguardava.

_Que bom que você pode vir logo querida. Eu preciso que você assine esses documentos.

_Que documentos são esses?

_O que eu tinha de mais precioso era o meu filho que Deus acabou levando. Você fez o que eu deveria ter feitoa, devido a minha saúde não pude ficar ao lado do meu filho.

_A senhora sabe que eu amava de verdade o Juan.

_Eu sei disso querida, por isso, estou lhe dando aquele pequeno solar que tanto ele gostava. Não sei se você sabe, mas foi o Juan que me deu aquele solar. Ele dizia que eu ficaria mais perto das pessoas. Aqui você sabe não tenho muitos vizinhos, estou isolada.

_E por que não se muda para o solar?

_Não! Aquele lugar tem muitas lembranças que quero evitar.

_Eu não posso aceitar, é muita coisa.

_Pode sim e vai, nada é tão grande quanto o que você fez pelo meu Juan.

_Mas...

_Nada de mais filha assine aqui. – ela me entregou a caneta.

Assinei sentindo um fardo pesado nos ombors.

_O Arnaldo vai levar tudo para o cartório pode sossegar.

_Não sei como agradecer.

_Já agradeceu cuidando do meu filho.

Depois de tomar um chá delicioso com bolo artesanal com ela voltei para a casa com os papeis na mão. Chegando em casa avistei um homem rondando a casa com uma mala na mão. Cheguei até ele dizendo:

_Bom dia, o que o senhor procura aqui? – Ele se vira e vejo o Edu ali na minha frente. – Edu! – corri para os seus braços chorando.

Ele me apertava nos braços sorrindo.

_Olá maninha como você emagreceu um bocado.

_Um pouco só. – respondi timidamente.

_Lorena está muito diferente, o que aconteceu com você? Estamos todos preocupados em casa com a falta de notícias suas.

_Vamos entrar que eu te conto tudo.

Edu segue a irmã portão adentro admirando a arquitetura da casa.

_Que bela casa....- assim que passa pela porta de madeira maciça fica mais admirado - ...e grande você mora.

_É ela é muito bonita mesmo e espaçosa. Essa casa faz parte da história da região e da que eu vou lhe contar.

Subimos para o andar superior, mostrei um dos quartos para ele se acomodar.

_Tome um bom banho, vou preparar o café para nós.

Depois de meia hora ele aparece trocado com aparência menos cansada na cozinha.

_Senta aqui. Você deve estar com fome depois de dessa viajem tão longa.

_Estou um pouco sim, mas a viajem foi incrivel. Esse país é incrivel, por isso você não quer ir embora. – ele fica me olhando tentando descobrir o que estava acontecendo. – Você não me parece muito feliz aqui.

_Têm acontecido muitas coisas esse ano.

_Você está morando aqui com o Juan.

Olho para ele com um sorriso de tristeza no canto da boca.

_Meu irmão a historia vai ser longa. Acho melhor você comer primeiro depois

conversamos.

_Então vamos lá. – Comilão do jeito que era não perdeu tempo para atacar a mesa farta.

Pão doce, salgados, torta, queijo, salame, geleia e um delicioso patê de peru que ele colocou com generosidade na fatia de seu pão. Aos poucos fui contando desde do começo da história, num gole tomou todo o seu café com leite olhando para mim perplexo.

_Por favor Edu, eu não quero que o pai e a mãe fiquem sabendo por favor.

_E o que eu digo?

_Diz o mesmo que eu vou dizer. Que ele tinha câncer. Eles não precisam saber de todos os detalhes. Esse assunto é só meu. Não quero que eles pensem coisa errada do Juan.

_Você é quem sabe, por mim não faz diferença. Eu sempre o achei meio delicado mesmo.

_Não vamos insultar a memória dele por favor.

_Não se preocupe Lorena.

Tomo um gole de café e fico na espera dele falar sobre o Fábio, mas ele apenas se serve de um pedaço de queijo e nada diz, resolvo perguntar:

_E o seu trabalho com o Fábio como anda?

_Está ótimo, ele é uma pessoa incrível.

_É verdade. – Fico olhando para ele, sem consegui me segurar pergunto: - E ele como está?

_Está muito bem. – E respondia vagamente.

_Só isso? – Pergunto querendo que ele dissesse mais.

_O que você quer saber sobre ele? Diga que eu te conto.

_Oras! Você sabe, tudo!

_Qual o seu interesse nele agora maninha?

_Oh! Edu, por favor eu só quero saber como ele está.

_Eu já lhe disse que está bem. – Ele vê a minha irritação e resolve dizer: - Muito bem maninha. Eu acho que sei o que você quer saber.

_Então me conte.

_Acho que você não vai gostar de saber.

_O quê?

_Bom ele veio atrás de você no endereço antigo, você

não estava mais morando lá. Ele rodou os colégios e achou uma mulher com o nome igual o seu. Chegou até a Itália, mas descobriu que era outra pessoa.

_Meu Deus!

_Olha só o sacrifício que ele fez por você; - Toma outro gole de café para continuar: - Na Itália ele conheceu uma mulher numa exposição de carros que ele foi.

_Sei, na feira de automóveis.

_Isso mesmo, como você sabe?

_Estava na agenda do Juan, nós também íamos se não fosse por essa doença dele. Mas

continue.

_Eles estão juntos até hoje... parece que o caso é sério. Ele faz uma pausa observando a minha reação.

_Então é por isso que ele não tem retornado os meus telefonemas, seu celular vive na caixa postal.

_Ele trocou de celular, porque deixou o antigo cair no chão e quebrou e não conseguiu o mesmo número.

_Ele tem outra, então.

_Se quiser eu te dou o novo numero dele.

_Eu quero sim.

Ele fica me encarando.

_O que te deu agora Lorena para correr atrás dele? Está arrependida?

_Não é isso. – Respondo sem ter certeza. – Apenas...sinto...falta de um amigo.

_Amigo?

_É, um bom amigo.

_Tudo o que ele nunca quis ser foi ser só o seu amigo.

_Mas às vezes precisamos de um ombro amigo.

_Se você quer um conselho: se eu fosse você voltava para o Brasil e desbancava essa dona. Nossa conversa durou a manhã toda, tinha muita coisa para por em dia. Levei meu

irmão para um passeio pela cidade, cada lugar tinha uma historia especial. Edu ficou na cidade uma semana inteira. Quando deixei o Edu no aeroporto senti-me sozinha novamente. Mas estava renovada. Estava novamente no mundo real, vendo pessoas normais.
Voltei para o colégio, ás aulas foram ficando mais dinâmicas conforme os dias passaram. Estava colocando na minha um alicerce e, fazendo dela um porto seguro, dedicando de corpo e alma.

Depois do Juan não quis saber de ninguém na minha vida, mas, a vida dá muitas voltas como diz meu pai. Uma noticia muito triste me fez voltar ao Brasil. Ao chegar no aeroporto encontro o Edu, estava bem diferente da ultima vez que o tinha visto. Olhar fundo e abatido, parecia que tinha passado muitas noites em claro. Nos abraçamos chorando.

_Que bom que você pode vir Lorena.

_A Carmem me liberou porque as crianças vão ter um feriado prolongado, mas eu vou ter que voltar.

_É eu imaginei.

_Como está o papai?

_Está péssimo.

_Imagino.

Ele me ajuda com as malas me levando até uma das peruas da empresa do Fábio, eu não pergunto.

_Quando aconteceu?

_É difícil dizer por que ela estava internada. Poderia ser a qualquer momento.

_E por que não me ligaram antes?

_Não foi possível. Todos em casa ficamos atarefados, perdemos o rumo Lorena.

_Vou sentir muita falta dela.

_Todos nós vamos. Ela falou muito em você no hospital. Dizia que não ia morrer porque queria ir ao seu casamento.

As lágrimas vêm aos meus olhos, o grito fica preso na garganta. As palavras não saiam. Fiquei em silencio até chegar em casa. Edu foi me contando tudo o que tinha acontecido até o dia do falecimento da minha mãe. Ao chegar em casa me deparo com o transtorno que o meu pai sentia, achava que ia ser um peso nas nossas costas. abracei-o sentindo que ele estava bem abatido e magro. Minha irmã caçula também sentia e muito a perda.

O Fábio se fez presente, junto com o Edu cuidaram de tudo para o enterro ser realizado.

_Muito obrigado meu filho por tudo o que está fazendo. – disse meu pai para ele.

_O senhor sabe que eu gostava muito da dona Rosa.

_Eu sei. Ela também gostava muito de você. Sempre disse que queria que você se casasse com a nossa Lorena.

_É, ela me falou isso.

Ouvia tudo atrás da porta. Sai em direção ao jardim, logo ele chega para falar comigo. Ficamos nos olhando, as palavras não saiam, nem da minha parte nem dele. Sem pensar duas vezes corro para os seus braços que me apertavam com segurança. E como eu me sentia segura neles, adorava o cheiro daquele homem, só agora eu me dava conta disso.

Ele acariciava meus cabelos enquanto eu chorava aninhada no seu peito, sentia mais reconfortada e disposta a enfrentar tudo com ele ali do meu lado.
Fui conduzida por ele para um lugar mais reservado, levantou meu rosto para encará-lo, delicadamente ele vai enxugando as lágrimas que teimavam em cair. Foi aproximando seus lábios dos meus e sobre eles depositou o mais doce dos beijos.

Fui tomada de assalto por um sentimento que aos poucos foi aflorando não deixando espaço para nada, no meio daquela tristeza eu encontrava o significado de viver e de sentir-se amada. Agarrei-me ao seu pescoço embrenhando meus dedos em seus fartos cabelos forçando-o para mim, ele me apertava cada vezes mais em seus braços fortes me aproximando mais a ele.
Quando solta minha língua e fica me olhando com ternura no olhar tremia dos pés a cabeça.

Não queria admitir que estava amando aquele homem, não naquele momento. Ele ficou ao lado a noite toda. Estávamos sobre o olhar do meu pai e do Edu, ninguém dizia nada, meu pai gostava muito dele, conhecia o seu caráter, eu estava me sentindo amparada como eu queria ter sentido quando o Juan morreu e não consegui. Foi de tanto pensar nele que esquecia de mim mesma.
Logo pela manhã Fábio teve que ir embora.

_Vou buscar os meus filhos, tomar um banho e volto logo. Acho que você e o seu pai também precisam se alimentar. Vocês não comeram nada.

_Obrigada Fábio por ter ficado comigo toda essa noite.

_Você sabe que eu adorava sua mãe. Ela era uma pessoa muito especial para mim.

Enquanto falava acariciava meus cabelos, dá um beijo no meu rosto saindo em seguida. Olhei para a mesa da cozinha que estava repleta de guloseimas, tudo comprado pelo Fábio, não tinha disposição para comer nada, não sentia nem um pouco de fome. Pedi ao meu pai que comesse algo e preparei para ele um café e um prato, ele apenas beliscou um pouco de pão.

O enterro estava marcado para ás nove horas da manhã, sai para o quintal quando ouço o Edu falando com o Fábio. Tinha trocado a roupa da viajem, e arrumado o cabelo, fui até o portão, quando vejo os filhos do Fábio cumprimentando meu irmão, fui chegando mais perto, tomei um choque ao ver uma linda morena de mãos dadas com ele.

Não sabia ao certo o que sentia naquela hora, era uma mistura de raiva com ciúme. "Foi apenas um beijo nada de mais." Pensei.

Fiquei parada esperando eles chegarem até a mim, agi como se nada estivesse acontecido ou acontecendo, queria parecer indiferente a tudo e a todos, mas sabia que o chão tinha saído dos meus pés. Tinha encontrado nele uma fonte segura, agora a fonte se desmorona.

_Como está passando Lorena? – Pergunta Patrícia.

_Muito bem. – Respondo retribuindo o beijo que ela tinha me dado no rosto. Seu irmão faz o mesmo.

O pior foi olhar nos olhos de Fábio percebendo que ele ia me apresentar ela, mas a mulher foi mais adiantada.

_Sei que você ainda não me conhece. Prazer Juliana.

_Prazer. – Respondi apenas por educação.

_Meus sentimentos pela sua perda.

_ Obrigada.

_Ainda tenho minha santa mãezinha, está bem velhinha mas, firme e forte. O Fábio a conheceu, não é querido? – vira-se para ele que me encarava com a expressão seria no olhar.

_É. – diz num pequeno instante viro as costas para eles indo para o lado do meu pai, de onde não sai mais. Todo o trajeto que andava no pequeno cemitério. Não tirei os olhos dele que estava de óculos escuro, não sabia se ele me olhava ou não. Observei os dois o tempo todo, aquela mulher agarrando seu braço, deitando no seu peito com um pequeno lenço na mão, mostrando que estava emocionada. "Falsa." Pensava enquanto olhava para os dois. Quando vejo o Fábio vindo na nossa direção para se despedir sai, não queria receber o seu cumprimento nem tão pouco o daquela mulher, apenas me despedi dos seus filhos.

_Meus sentimentos Lorena, Edu. – Disse Carlos

_Obrigada por vocês terem vindo.

_Meu pai gostava muito de sua mãe. E, nós também.

_Vocês a conheciam? – perguntei curiosa

_Claro, meu pai nos trazia sempre aqui na sua casa. Eu já vim também com o Edu.

_Obrigada, mais uma vez meninos. – Entrei no carro ao lado do Edu e de sua namorada a Bete. No dia seguinte ao enterro arrumava as malas para voltar, não poderia me ausentar por mais tempo. O fim do ano letivo estava chegando ao fim assim como as provas finais. Meu pai entrou no quarto triste e desanimado. Sua fisionomia não se alterara desde do enterro.

_Pai eu vou voltar amanhã cedo.

_Mas tão cedo filha?

_Eu preciso pai. Se eu pudesse ficaria com vocês mais tempo, mas, tenho compromisso. – Ele senta na cama olhando eu colocar as roupas na mala. – O senhor e a mana poderiam vir comigo.

_Não posso filha. Eu até que gostaria, mas não posso.

_Por que pai? Vai ser bom para o senhor se distanciar daqui um pouco.

_E quem disse que eu quero sair daqui? Eu também tenho meus compromissos.

_Tudo bem pai. Mas quando quiser as portas estarão abertas para o senhor e todos aqui.

_O Edu nos falou que você ganhou uma casa depois que o Juan

morreu.

_É verdade. A mãe dele fez questão que eu aceitasse ela. Melhor do que ficar pagando aluguel.

_Isso quer dizer que você não pretende voltar a morar aqui.

Eu sento ao lado dele abraçando.

_Que isso pai. Eu não vou ficar morando por lá. Mas se o senhor e a mana forem morar comigo eu fico por lá. o senhor vai gostar de lá. É bem sossegado. A cidade é pequena e aconchegante. Tem uma linda praça bem em frente de casa. Os moradores são gentis, eu gosto de lá.

Sabia que não ia ser fácil para ele superar a perda sozinho, mas, estava sendo difícil para todos. Não queria deixá-lo, não tinha outro jeito. Na manhã seguinte estava no carro do Edu a caminho do aeroporto.

_Porque você não fica mais alguns dias.

_Para que? Eu queria que o pai fosse comigo, mas ele é bem teimoso, quer ficar naquela casa cheia de lembranças. Vai ser bem mais doloroso para ele. Não posso me afastar do colégio, preciso trabalhar para o meu sustento. Não posso ficar por aqui mais tempo.

_E quanto ao Fábio.

_O que tem ele?

_Eu vi vocês dois juntos no velório todo.

_Achei que ele ainda gostava de mim. Mas estava redondamente enganada. Ele só se aproveitou da minha fragilidade, não estava em condições de pensar com clareza, mas agora estou.

Ele não respondeu e continuei:

_Você não viu com quem ele estava?

_Vi sim. Saiba que ele ainda gosta muito de você, disso eu tenho certeza. – Enquanto falava estava estacionando o carro. – Você não chegou cedo demais Lorena?

_Eu prefiro assim. Não quero pegar fila no guichê. E você não poderia me trazer se eu viesse no horário.

_Tem razão como sempre maninha. – Ele me abraça beijando o meu rosto – Vá com Deus querida. E vê se não fica isolada da gente. Volta logo que aqui é a sua casa.

_Eu vou pensar pelo papai.... e vocês também.

_Vai me dizer que não sentiu saudades daqui?

_Para dizer a verdade senti sim. Todo esse agito, o barulho dos pássaros nessa época do ano, o cheiro da comida fresquinha. Vou sentir muito a falta de vocês. Falava para a dona Maria cuidar bem de vocês. E principalmente do papai. Obrigada por me trazer.

Ele vai embora, fico sentada esperando o meu voo

CAPITULO XVI

Fábio sentia muita tristeza pela perda de dona Rosa, gostava daquela senhora como se fosse sua mãe, ela sempre lhe tratou muito bem, se afeiçoou muito aos pais de Lorena.

Ajudava eles em tudo o que precisassem e o que permitiam. Sentia-se na obrigação de ajudar a família no enterro, quando foi com o Edu queria poupar o pai dela de mais esse sofrimento. Foi muito difícil para ele não senti que deveria amparar Lorena, logo que a viu o seu coração saltou no peito, o sangue fervia nas veias, um desejo enorme de abraçá-la.

Não esperou que ela tomasse essa atitude, ao senti-la nos braços matava toda a saudade e o desejo de vê-la novamente. Foi por vontade própria que aquela mulher que tanto amava estava nos seus braços, queria sentir aquele corpo quente junto ao seu, amparar, segurar, embalar nos seus braços.

Agora aquele beijo foi por vontade dele com o consentimento dela. Foi o beijo mais doce que já deu, o mais suave também. Sentia que ela estava descobrindo que o amava, podia ver na dança do seu corpo junto ao dele.

Ao voltar para casa na manhã seguinte para buscar os filhos ficou surpreso ao encontrar a Juliana lhe esperando.

_Bom dia. O que faz aqui tão cedo?

_Liguei para o seu escritório e me contaram o que tinha acontecido com a mãe do seu empregado.

_Sei.- diz beijando os filhos passando por ela.

_Resolvi te acompanhar no velôrio.

_Mas você não conhece à senhora. O que vai fazer lá? Nem gosta tanto assim do Edu.

_Eu vou apenas para te acompanhar. Alem do mais, ele é um empregado seu como qualquer outro, que você faria o mesmo.

Ele não podia dizer não a ela, "o que vou fazer para ela não ir ?" pensava

_O que eu posso fazer? – perguntou ao filho Carlos apenas olhou para ele saindo do quarto.

Não havia nada que poderia fazer para ela mudar de ideia Afinal, eles estavam namorando oficialmente desde que a trouxe para conhecer os filhos. Mesmo nesse momento querendo estar apenas na companhia de Lorena, aproveitar que estava frágil e tentar se aproximar mais dela.

Queria se explicar quando chegou com Juliana a "tira colo", o olhar de tristeza sobre ele era visível. Não podia dizer que não era nada de mais, que aquela mulher não significava nada para ele. Lorena o evitou a todo custo, no dia seguinte logo cedo esperava pelo Edu chegar. Assim que ouviu ele conversando com a Bete, saiu da sala chamando-o:

_Edu, pode por favor vir até a minha sala. Preciso falar com você.

Ele entra logo se desculpando.

_Desculpe o atraso Fábio. É que eu fui levar a Lorena para o aeroporto.

_Aeroporto? Por que? Ela já está indo embora?

_Ela não está indo, já deve ter decolado essa hora.

_Não acredito! – Diz deixando seu corpo cair pesadamente na cadeira. – Ela não pode faze isso comigo. Será que não pode ficar uns dias longe daquele espanhol? Eu queria muito falar com ela, tentar explicar o que aconteceu.

_Tem uma coisa que eu não te contei ainda porque ela me proibiu.

_O que é?

_Bom não foi exatamente como eu disse a você.

_Edu! Você mentiu para mim?

_A Lorena me fez prometer que não contaria para ninguém, e esse ninguém era você.

_O que era de tão importante que ela não queria que você me contasse.

_Que o Juan morreu.

Fábio deu um sorriso, mas depois se recompôs ficando estático.

_Por isso, que ela deixou que a beijasse. Estava carente.

_Acho que ela mesma queria te contar.

_E o burro aqui levou a Juliana. Lorena se afastou de mim quando a viu. – levanta abruptamente da cadeira - Edu que horas parte o voo?

_Ás onze horas.

Ele olha para o relógio.

_Dá tempo de impedi-la. – Fala pegando a chave do carro.

_Aonde você vai?

_Vou atrás dela tentar explicar. – Dizia correndo pelo corredor com o Edu na sua cola. Dentro do elevador grita: - Vou dizer a ela que a amo, não vou perdê-la de novo.

_Acho bom você ir logo. – Gritava também Edu na porta, mas, o elevador já tinha descido.

Ele volta para a sala sorrindo e torcendo pelo amigo conseguir chegar a tempo. Fábio entra no seu carro saindo com velocidade em direção ao aeroporto. Quarenta minutos separavam os dois. Com o transito bom chegaria com folga e a tempo de impedi-la de fazer uma besteira.

◆ ◆ ◆

Com a emoção a flor da pele, Fábio cometia algumas imprudências, queria chegar logo que nem olhava o velocímetro marcando que corria mais de noventa quilômetros por hora. Um caminhão que também corria na pista ao lado da sua saiu bruscamente da pista, entra na sua frente.

Fábio perde o controle ao frear o veiculo, bateu violentamente na traseira de outro veiculo, o air bag foi acionado e nada mais viu. Meia hora depois Bete recebe um telefonema da policia avisando sobre o acidente.

_Edu! – Chama nervosa – Corre aqui. – assim que ele chega ao seu lado ela bom à mão na boca com os olhos cheios de lágrimas. – Era da policia, o Fábio sofreu um acidente na marginal.

_Meu Deus. – Edu coloca a mão na cabeça, sentia-a meio tonto.

_Ele foi levado para o hospital do centro e a policia pediu que avisasse os parentes. Parece que ele está desacordado.

_Meu Deus, meu Deus. O que digo para Lorena? E os filhos dele?

_A verdade!

_É claro que vou dizer a verdade. A questão é como?

_Liga para ela. Se quiser eu ligo.

_Deixa que eu ligue. – Ele entra no escritório discando o numero do celular de Lorena, esperou que ela atendesse. Estava nervoso, o telefone tremia.

Estava na fila do embarque esperando minha vez, levei um tremendo susto ao ouvir o celular tocar, sai da fila para atender. Olhei o numero e me animei pensando se o Fábio, estava triste, não tirava o pensamento dele com outra mulher.

_Alô? – Finalmente digo.

_Lorena é o Edu.

_Oi, você quase não me pega por aqui, já estou na fila do embarque.

_Aconteceu algo não muito agradável.

_O que foi dessa vez? – Fiz apreensiva. – É alguma coisa com o pai?

_Não!

Senti um alivio.

_Então?

_O Fábio sofreu um acidente de carro.

_O Fábio?

_Isso foi agora há pouco. Ele estava indo falar com você.

Não conseguia articular as palavras, tudo parecia que sumia dos meus pés. Fui amparada por um funcionário do aeroporto para não cair.

_Sente-se aqui moça. – Disse o rapaz

_Lorena? – Chama Edu – Lorena você ainda está ai?

Coloco o celular perto do ouvido para continuar a falar com o Edu.

_Estou aqui. Como ele está?

_Ele foi levado para o hospital desacordado.

_Ele está em coma Edu?

_Eu não sei muita coisa. Só o que o policial disse a Bete.

_Edu que notícia você me diz....

_Ele estava indo te buscar maninha. Depois que contei a ele sobre a morte do Juan ficou desesperado para dizer a você que ainda a ama. Ele não queria deixar você partir sem saber disso.

As lágrimas enchiam meus olhos, não conseguia dizer mais nada. O mesmo rapaz que me amparou chegou perto de mim dizendo:

_Moça. – Ele chama minha atenção – Precisa embarcar.

_Ah? – Respondi meio atordoada.

_É a ultima chamada, a senhorita precisa embarcar.

_Eu não vou mais – Me levantei enxugando os olhos. – Edu? Ainda está ai?

_Mas ...- Tentou argumentar o funcionário, mas não ouvia mais nada.

_Estou sim Lorena.

_Qual o hospital que ele foi levado?

_Para o Central, aquele que operei a garganta.

_Estou indo para lá. Avisa o pai. – Desligo o celular saindo à procura de um táxi quando ouço o funcionário atrás de mim falando.

_Moça a sua bagagem já embarcou.

_Tudo bem eu mando alguém pegar ela. – Entro na táxi. – Direto para o hospital Central por favor. O mais rápido que o senhor puder.

Em vinte minutos chegamos, na recepção fui logo perguntando por ele quando vejo o Edu e a Bete.

_Como ele está?

_Não sabemos ainda.- Diz ele

_Será que vou poder vê-lo?

_O médico está examinando ele nesse momento.

_Ainda está desacordado?

_Não temos certeza de nada Lorena. Procure se acalmar. – Comenta Edu.

_Os filhos dele já sabem?

_Sim, eu avisei. – Conta Bete – Estão lá dentro esperando o diagnostico do médico. Quer deixar essa mala na perua?

_Por favor.

Bete pega a pequena mala de mão colocando na perua. Aquela espera estava me deixando cada vez mais nervosa. "Não vou te perder Fábio eu já perdi muito nessa vida." Pensava. Depois de uma hora de espera e nada de alguém dizer o que estava acontecendo. Esfregava as mãos, nervosa, quando os filhos do Fábio aparecem. Patrícia estava com os olhos vermelhos, corri na direção deles, o Edu que vinha logo atrás se adiantou e disse:

_E ai Carlos o que o médico disse?

_Ele está em coma. – Disse colocando a mão sobre os olhos. – Só nos resta esperar que ele acorde

_Ele está instável. – disse Patrícia mais controlada – Ele quebrou duas costelas e se, não fosse pelo cinto de segurança e o air bag, o dano seria pior. Poderia ter custado á vida dele.

_A testa dele está toda inchada. – Concluiu Carlos.

_Será que eu poderia vê-lo? – Finalmente consigo falar.

Eles se olharam antes de dizerem:

_Só pode entrar uma pessoa por vez – Dizia coçando a cabeça.

Fiz cara de quem não tinha entendido o que eles queriam dizer.

_O que estamos tentando dizer Lorena; - Proceguia Patrícia – é que ...a Juliana está com ele.

_Ok!

Sai de perto deles para não verem as lágrimas. Patrícia vai atrás dizendo:

_Não fique assim. Ela saindo você entra no meu lugar. Enxuguei o rosto olhando para ela.

_Eu não tenho o direito de tomar o seu lugar Patrícia, eu fico por aqui mesmo até poder entrar.

_Eu faço questão Lorena. Meu pai ia gostar que você estivesse ao lado dele e....quem...sabe ele ouvindo a sua voz não volta do coma. Chego perto dela dando um abraço solidário.

_Vai dar tudo certo, ele é tão forte que não vai permanecer nessa por muito tempo, pode ter

certeza.

Ela balança a cabeça afirmando. Não aguentava mais esperar para vê-lo, estava ali há mais de duas horas. Todos esperavam na recepção quando a Patrícia diz que a enfermeira informou que alguém poderia entrar no lugar da Juliana.

_Eu tenho uma aula muito importante e um trabalho para entregar. A Lorena entra no meu lugar, assim que eu voltar eu vejo o papai. – diz ela para todos.

_Pode ir que eu fico com ele. – disse – Eu não vou voltar enquanto seu pai não sai desse hospital. – dizia com convicção.

_E se ele demorar mais de um mês para sair do coma? – perguntou

_Não se preocupe porque eu tenho certeza de que isso não vai acontecer.

_Espero que quando você sair de lá de dentro esteja com esse mesmo animo. – diz Carlos.

_Eu confio em Deus e nos médicos. Sei que a recuperação dele vai ser longa, mas, sei também que com a ajuda de todos, ele vai sair dessa.

_Então entra e dê um novo animo para ele, por favor Lorena.

Levantei a cabeça e segui com a enfermeira para o quarto. Andando por aqueles corredores que me fez lembrar que não muito tempo atrás estive com Juan. Chegamos a UTI, assim que a porta foi aberta a Juliana levanta da cadeira ao qual estava sentada com um livro nas mãos dizendo:

_Por acaso eu te conheço? – diz chegando perto da porta

_Não sei se você se lembra, sou a irmã do Edu.

_E o que você quer aqui? Só os familiares é que podem entrar. Como conseguiu chegar

aqui?

Ela estava na defensiva, era como se sentisse que era uma rival.

_A Patrícia não poderá ficar com ele, com o consentimento deles eu vou ficar com o Fábio por enquanto.

_E porque ela não veio me dizer pessoalmente?

_Precisou ir a escola.

_Estou realmente cansada. Preciso sair daqui um pouco. – diz pegando sua bolsa de couro – Duas horas dentro de um hospital para mim é o bastante.

Ela sai vencida, beija o rosto de Fábio deixando uma marca de batom. Ficamos sozinhos. Ao chegar perto dele vejo o estrago que o acidente fez, limpo a marca deixada por Juliana no rosto dele. Em pé ao lado da cama fico observando sua respiração. Estava normal e calma, sua testa tinha um grande hematoma roxo, beijei sua testa com tristeza, sentindo as lágrimas descendo pelo meu rosto, beijo seus lábios dizendo:

_Se você soubesse meu querido, o que eu tenho para contar, acordava logo. – Acariciava o rosto meigo – Eu descobri que te amo. Eu não posso te perder, Fábio, não posso. Eu sei que fui muito dura com você, e a vida esta sendo muito mais dura comigo, talvez ela esteja querendo colocar-me no seu caminho de vez. – beijo novamente o rosto dele dizendo perto do ouvido – Perdoa por favor. Ouça o apelo da minha voz. Sei que devia ter dito o que estava sentindo logo que você me beijou.

Parei de falar porque as lágrimas não deixavam.

Momentos depois uma enfermeira entra para administrar os remédios, aumenta a dose, coloca a pomada em sua testa, aplica uma injeção que ela logo diz ser um analgésico. Assim que sai, eu fico novamente ao seu lado segurando sua mão.

CAPITULO XVII

Fiquei com ele ali a tarde toda, me prontifiquei a ficar a noite também quando os filhos de Fábio retornam ao hospital.

_Lorena, não podemos permitir esse sacrifício. – Disse Carlos

_Não é sacrifício nenhum. Vocês não sabem o quanto eu gosto do pai de vocês e, quanto

 eu devo a ele.

_Ele ficaria muito contente em saber que é você que está a seu lado todo esse tempo. – Dizia a Patrícia olhando de Lorena para o irmão. – Mas quem não vai gostar nada de saber é a "dona Juliana."

_Eu não me importo com o que ela vai pensar. – respondi firmemente.

_Lorena, estou realmente muito tenso com tudo o que aconteceu com o papai. O Edu é uma ótima pessoa e vai continuar a tocar o escritório. Se você não se importa realmente de ficar com ele, eu retorno logo pela manhã e fico com ele.

_Não eu fico com ele de manhã porque tenho aula á tarde e você não pode perder aula.

_Você tem razão. Eu venho á tarde então!

_Você vem à noite Lorena. – Falava Patrícia

_Que isso Patrícia, não pode exigir isso dela.

_Assim não vai ter chance daquela Juliana ficar com ele.

Eles se olham, eu dou apenas um sorriso concordando.

_Não se esqueçam de que ela é a namorada do pai de vocês.

_Pode ser! Por enquanto, mas ela não vai ficar sozinha com ele.

_Ela não aguenta muito tempo mesmo. Logo fica entediada e procurando quem a substitui.

Assim que vou embora fiquei pensando na possibilidade de Fábio ter falado com os filhos sobre nós dois, "acho que eles sabem que ele realmente gosta de mim e....acho que aprovam também. Isso é muito bom." Sorrindo entrei na padaria, era bem cedo, o dia estava apenas começando, por onde passava sentia o cheiro gostoso de café sendo preparado. Crianças indo para a escola, o dia prometia ser ensolarado. Cheguei em casa encontrando meu pai na porta de casa, ia saindo para ir buscar o pão na padaria.

_Pode deixar pai que eu já trouxe.

Mostrei o pacote com o pão quentinho.

_Oi filha! – Fala surpreso – Está chegando agora do hospital?

_Estou sim.

_Que coisa foi acontecer, como ele está?

Entrei em casa, meu pai adiantou-se para preparar o café. Sentei para conversarmos.

_Há Pai ele está na mesma.

_A Carmem ligou para você. Quando pretende ir embora? Agora que isso aconteceu.

_Ainda não sei. Depois eu ligo para ela.

_Ela pediu para você ligar assim que chegasse.

_Então vou ligar agora.

Dirigi-me para a mesa onde estava o telefone, disco os números, fico aguardando até que atendem do outro lado.

_Paco aqui é a Lorena.

_Lorena minha amiga, como você está?

_Tirando os prós e os contra, estou bem.

_Amiga que coisa foi acontecer. Aqui todos estamos preocupados com você. A Carmem diz que você precisa ir a igreja se benzer.

Dou uma risada sem alegria para responder.

_Acho que ela não deixa de ter razão.

_Está acontecendo muita coisa ruim Lorena. Precisa de ajuda lá de cima. A Carmem está dizendo aqui do meu lado que está rezando por vocês todos.

_Diz a ela que eu agradeço muito. Toda ajuda é bem vinda.

_Quando você volta?

_Preciso de mais uns dias Paco. Queria esperar ele voltar do coma.

_Eu não sabia que ele estava em coma Lorena. O Edu apenas nos falou que ele tinha sofrido um acidente.

_Estou tomando conta dele no hospital.

_Mais Lorena? – Era a Carmem gritando ao lado do marido.

_Ouviu Lorena?

_Ouvi sim Paco. O que eu posso fazer? Assim que cheguei naquele hospital veio toda a luta de Juan a minha memória.

_Você ainda não se recuperou disso, não é amiga?

_Não.

_E seu pai como está depois do que aconteceu com a sua mãe?

_Está bem, na medida do possível. Eu acabei levando um baque atrás do outro. Acho que não estou aguentando

_Não se preocupe amiga. Deus não dá o que não podemos carregar.

_Esse fardo é grande demais. Eu ainda não me recuperei da morte de Juan, veio à morte da mamãe, agora que acabamos de enterrar ela, o Fábio sofre esse terrível acidente. – Seguro para que as lágrimas não vem novamente aos meus olhos.

_Amiga eu sei que a hora não é essa para apressar você. Mas, acontece que os exames finais estão chegando, eu não posso ficar sem mais um professor agora.

_Eu compreendo Paco. E volto logo, eu prometo para

vocês, assim que souber que ele está respondendo ao tratamento.

_Eu lhe dou até o começo da próxima semana, eu e a Carmem vamos segurar as pontas por aqui até você poder voltar.

_Eu tenho as provas prontas, isso vai adiantar as coisas.

_Tem alguma matéria que precisa ser dada?

_Tem sim, eu já organizei as provas mediante a matéria que está na pagina oitenta e quatro do livro.

_Pode deixar que eu cuido disso para você.

_Obrigada amigo, eu não sei o que seria de mim sem vocês.

_Fique com Deus amiga, procure se cuidar também. A Carmem está te mandando um beijo.

_Outro e fiquem com ele também.

Antes que eu desligue, ele diz:

_Lorena, eu já tive muitas perdas, não quero perder minha melhor professora.

"Eu também tive muitas perdas." Pensei ao desligar. Sabia que não poderia deixar nada abalar a minha profissão, não nesse momento tão particular da minha vida, não ia admitir perder mais nada. Disposta a ter o Fábio bem de saúde e ao meu lado. Depois de um bom e reforçado café da manhã, tomei um banho e deitei, não conseguia conciliar o sono, revirava na cama pensando, esvaziar os pensamentos para dormir era algo que nos últimos anos não conseguia fazer, era tanta coisa que rondava na minha mente que não dava nem para organizar.

Nos últimos minutos, ainda acordada meus pensamentos eram no Fábio, no seu carinho comigo, nos beijos doces e sensuais que ele dava, alem de ser gostoso e quente, o amor que ele sentia por mim era algo que não estava fazendo muito bem a ele, eu não tinha dado nenhuma brecha para ele, apenas o instigava e depois descartava. Ao pensar no seu corpo um arrepio percorreu todo o meu, sentia, revivia cada gesto de sua boca, de sua mão, seus braços fortes me enlaçando me apertando cada vez mais e mais forte. Adormeci sentindo o amor fluindo nas minhas veias.

◆ ◆ ◆

Acordei sobressaltada, fiquei assustada com a hora, ao levantar, senti uma forte dor de cabeça, olhei para o relógio que estava no criado mudo ao lado da cama. Era duas horas da tarde, levantei. Cheguei na cozinha meu pai estava almoçando.

_Ainda almoçando pai?

_Apenas agora me deu fome.

Puxando a cadeira sentei ao seu lado, ele não costumava almoçar tão tarde.

_Eu lhe disse pai, a vida continua, ela não para. – Disse pegando um pouco de suco de laranja posto sobre a mesa. – O senhor vai sentir fome, sede, sono, tudo vai ficar como sempre foi. É claro que ela não vai estar mais entre nos, eu também vou sentir muita a falta dela, mas temos que levar a vida adiante.

_Você vai voltar para o hospital? – Pegunta demonstrando que não queria tocar naquele assunto.

_Vou sim, eu quero estar lá quando ele acordar.

_Lorena, me diz uma coisa. – Eu presto atenção toda vez que ele dizia nesse tom eu ficava em alerta, sabia que vinha algo por trás daquelas palavras. – O que você tem? Eu vi vocês dois se abraçando, ele não saia daqui, depois você vem com um outro cara e diz ser seu noivo.

_Eu sei a confusão que deve estar na cabeça do senhor.

_Estou muito confuso sim. E queria saber o que está acontecendo. Você não parecia disposta a ficar com ele. Você sabe que eu e a sua mãe gostávamos muito dele. Ela aprovava o seu relacionamento com ele, assim como eu também aprovo. Mas depois ele chega aqui com uma namorada.

_Ele gosta de mim pai. Sempre gostou, eu é que não

deixei se aproximar como queria, sempre dava o fora nele. Apenas nos beijamos, mais nada.

_E por que agora ele tem namorada pensa que pode ir te abraçando e beijando? – Diante do meu silêncio ele continua. – Não sei filha, acho que a geração de vocês, é muita avançada para minha cabeça compreender.

_Estou tão confusa quanto o senhor. Eu só sei.....que agora eu sei o que eu sinto por ele.

_E o que é? Posso saber?

_Eu o amo muito pai. Só agora descobri que ele é muito importante para mim. Dei-me conta de quanto eu preciso sentir esse amor para minha vida fluir. Por isso vou ficar um pouco mais até ele acordar.

_E você acha que ele acorda logo?

_Espero que sim.

_Filha ele está em coma. Deus sabe lá quando isso vai acontecer. – Ele faz uma pausa para completar – E se ele não acordar mais? O que vai fazer da sua vida?

_Não diga isso nem por brincadeira. Que isso pai, ele vai acordar sim eu sei.

_Você está muito otimista minha filha.

_O senhor me ensinou a ter fé pai. – antes de levantar digo: - Vou trocar de roupa e vou até o hospital.

_Filha apenas uma coisa.

_O que foi pai?

_Não maltrate mais o coração daquele pobre homem.

Eu cruzo os braços olhando para ele, meu pai realmente gostava de Fábio.

_Ele te ama de verdade. Eu vejo isso nos olhos dele, não vai encontrar outro mais dedicado.

_Obrigada por dizer isso pai. – Dou um beijo no rosto dele indo para o quarto.

Depois de banho tomado e bem alimentada, sai com o meu irmão para o hospital. Mesmo sendo ainda cedo eu não conseguia mais ficar em casa sem saber noticia alguma dele. Entrei bem devagar no quarto sem que as enfermeiras dissessem alguma coisa. Abri a porta, encontrei o Carlos sentado lendo o jornal, assim que levantou a cabeça olhou para mim sorrindo.

_Já de volta Lorena.

_Não consigo ficar em casa.

_Alguém te viu entrar?

_Não, entrei escondida.

_Você é demais. – Ele estende os braços relaxando o corpo.

_Se você quiser pode ir para casa descansar eu fico com ele.

_Você não vai ficar cansada?

_Não. Eu vou ficar bem não se preocupe. – Digo chegando perto da cama passando a mão sobre os cabelos de Fábio – Quero ficar com ele e esperar ele acordar.

_Você tem muita fé Lorena.

Dou um sorriso em resposta para ele, que não sabia que, fé, era o que eu mais tinha naquele momento.

_Ele continua na mesma. – Continuou ele – O quadro não se alterou desde que você saiu daqui.

_A Patrícia me disse ainda a pouco que ela viu o braço dele mexendo? É verdade?

_Ela disse isso sim, mas foi bem rápido. A enfermeira estava aqui e disse não ter notado nada, apenas ela viu.

Fiquei contente e bem mais animada.

_Acredito nela. Que bom que isso esteja acontecendo. Estou muito feliz. Eu sabia que ele ia reagir.

_Lorena eu vou comer alguma coisa e volto logo.

_Se quiser pode ir para casa eu fico com ele; temos que ter uma conversa.

Ele sorri e se levanta para dizer:

_Ele gosta muito de você.

_Eu sei, eu também gosto muito dele, mesmo que eu tenha descoberto isso agora. Quando eu quase o perdi.

_Está querendo dizer que você ama o meu pai?

_Sim Carlos. E muito para dizer a verdade.

_Lorena você não sabe o quanto isso ia fazer ele feliz. – Ele me abraça forte – Ele te ama tanto que chega a sofrer por conta desse amor. Por favor Lorena, cuide dele por nós.

_Pode deixar, que eu cuido.

CAPITULO XVIII

A sós, chego perto de sua cama passando os dedos delicadamente em seu rosto, tomo um tremendo susto quando ele mexe o braço, parecia que queria pegar minha mão. Coloco minha mão sobre a dele que fecha a mão dando um pequeno aperto.

_Fábio? Está me ouvindo? Amor eu sei que você está ai em algum lugar, acorda logo vai. Preciso de você.

Ele não responde e sua mão vai relaxando, fiquei um bom tempo segurando sua mão. Assim que o medico entra no quarto para examiná-lo, contei sobre o fato.

_Isso é ago involuntário senhorita. Pode até acontecer de novo.

_O senhor quer dizer que ele não vai acordar?

_Não. O que eu quero dizer é que isso é normal acontecer, mas é uma ótima reação, ele poderá acordar logo, ele não teve maiores danos.

Aquela semana foi sem novidade alguma no estado clinico dele. Ajudei as enfermeiras com a higiene pessoal dele, era muito constrangedor às vezes, elas tratavam isso normalmente, mas não sabia como era para eu estar ali ao lado do homem que ama, sem roupa alguma, vendo um corpo másculo, forte, diferente de tudo o que eu imaginava. Na melhor, era que superava minhas expectativas.

Adorava fazer sua barba, deixar seu rosto bem lisinho como ele sempre fazia, com cuidado, com delicadeza para não machucá-lo. Os dias estavam se esgotando, logo teria que voltar para a Espanha, e nada mudava no estado do Fábio, às vezes minhas esperanças pareciam que se acabariam.

Na manhã de domingo, a filha dele chega trazendo algumas frutas para mim.

_Bom dia Lorena. – Disse me entregando uma cesta.

_Bom dia, querida! Obrigada! – Respondo me servindo de uma maçã.

Ela chega perto do pai beijando sua testa.

_Você fez a barba dele?

_Fiz sim, estava grande não acha?

_Estava mesmo. Parecia o Fábio de antes.

Sorri lembrando de quando o vi pela primeira vez.

_A primeira vez que vi seu pai, me fez lembrar do natal, papai Noel e coisas assim.

Patrícia dá uma forte gargalhada.

_Era o que eu sempre dizia a ele. Mas depois que te conheceu ele tirou a barba, ficou tão jovem e bonito como sempre foi.

_Essa foi à primeira vez que eu faço a barba de um homem.

_Está lisinho mesmo. Você fez muito bem.

Ficamos conversando e rindo até eu ir embora, realmente estava com sono e cansada. No final da tarde quando voltei para o hospital fui direto como sempre para o quarto onde estava. A minha maior surpresa foi não encontrá-lo.

_Está vazio! – digo corri para a recepção.

_Tânia, para onde levaram o Fábio? – Pergunto para a enfermeira na recepção.

_Foi transferido para o quarto no segundo andar.

Corri para o elevador como uma desesperada, ouvindo ela dizer vindo atrás de mim.

_Lorena....é o quarto duzentos e dois... ouviu.

Acenei com a mão para ela entrando. Desci novamente para o segundo andar, o coração saltava no peito. Parei em frente ao quarto de numero duzentos e dois, vozes vindo de dentro, parecia uma verdadeira festa.

Abro a porta bem devagar, varias pessoas da família dele estavam por ali. Os filhos dele estavam sentando na cama com ele no meio, abri mais a porta para me verem, estava estática, não sabia mais se voltava ou se entrava, até que a Patrícia veio me puxar para dentro dizendo:

_Pai olha só quem está aqui!

Nossos olhares se cruzaram, sem saber o que sentia naquele momento, apenas sentia uma felicidade imensa invadindo todo meu ser, as lágrimas viam aos meus olhos escurecendo-os, eu solto a mão da Patrícia saindo do quarto chorando. Ela vem logo atrás.

_Lorena! – Ela chamava

Eu não conseguia ficar naquele quarto, por isso sai para o corredor, logo os filhos de Fábio vêm atrás de mim.

_O que aconteceu Lorena? Achei que você fosse ficar feliz.

_Eu.....não.....sei....estou...não conseguia falar devido a forte emoção que senti.

_Então? – Pergunta ele

_Eu.....não sei...mais o que ....estou sentindo....

Carlos volta para o quarto e pede para que os irmãos de Fábio voltem outra hora para que eu possa conversar a sós com ele. Logo vejo todos saindo.

_Lorena meu pai pediu que você entrasse. – Disse ele

_Vá Lorena, não seja tão dura. Ele vai gostar de falar com você.

Olhei para ela enxugando as lágrimas dos olhos. Caminhei em direção ao quarto, entrei, fechei a porta olhando para ele. Estava mais bonito do que de costume, seu rosto estava corado, seus olhos tinham um brilho diferente.

_Oi! - Dizia tentando se levantar

_Oi! – Respondi parada perto da porta olhando para ele, não me atrevia a chegar perto da cama.

_Por que fugiu do quarto daquele jeito? Não gostou de me ver bem outra vez?

_Não é isso! Gostei sim e muito, aliás, estava com os meus sentimentos embaraçados por isso, sai.

_Fiquei sabendo que você cuidou de mim. Quero agradecer por ter se prendido a um inválido.

_Você não é....um... inválido. Eu...antes que terminasse de falar ele interrompe.

_Por que não partiu?

_Não podia deixar você nessa cama do jeito que estava, não ia conseguir ficar sossegada.

_Por que?

_Como por que? Você acha que eu sou insensível?

_Venha até a aqui Lorena, por favor.

Senti pelo tom da sua voz que era mais uma ordem do que um pedido. Caminho bem devagar para chegar até o seu lado, ele pega minha mão segurando firme levando até os lábios passando depois no seu rosto dizendo:

_Por que estava chorando?

_Chorando eu? Não, é que tinha um cisco no meu olho.

_Venha cá! – Ele me puxa para ele segurando o meu rosto com as mãos e diz: - Estou ansioso para fazer isso, não sabe o quanto.

Seus lábios roçando os meus, fazendo com que eu olhasse para ele sem nos beijarmos, aos pouco num impetuoso momento eles vão se abrindo para receber o mais sensual, quente, demorado, doce beijo.

_Amo você sobre quaisquer circunstâncias, em qualquer lugar, a qualquer preço. Amar-te me faz viver, ser livre no pensamento e, pensar em você é viver. Você que tanto me faz sentir a paixão fulminante que corre nas minhas veias e chega fervendo ao meu coração. Não sabe menina como sou louco de amor por você e o que eu faria só por esse momento.

Olhava para ele extasiada, acaricio o seu rosto dizendo:

_Por que foi atrás de mim Fábio?

_Queria impedi-la de ir embora novamente e me deixar para sempre.

_Quem era aquela mulher que estava com você?

Ele faz uma pequena pausa como que estivesse escolhendo as palavras, a porta se abre e subitamente ela entra, corre me atropelando e vai para os braços dele beijando.

_Meu amor, meu querido, que bom saber que você voltou para nos. – Ela abraçava e beijava sem dar tempo dele falar, tentava em vão tira os braços dela de seu pescoço.

_Calma Juliana, assim você me machuca. – Diz.

_Desculpa amor, é que estou tão contente com a sua recuperação.

_Eu sei....

_Por que seu filho não me ligou? Eu queria estar aqui quando isso acontecesse. – Ela faz beicinho para falar arrumando a roupa dele – Eu queria ter ficado aqui, mas, eles não deixaram disseram que tinha muita gente.

Estava me sentindo deslocada diante da situação, estava me retirando quando ouço ele dizer:

_Não vá Lorena fica aqui comigo.

_Deixe-a ir eu fico com você. – Diz Juliana

_Você agora esta em boa companhia. Eu preciso voltar para minha vida.

Ele empurra a Juliana de cima dele dizendo:

_Não está dizendo que vai voltar para a Espanha. Está?

_Estou sim. Eu não posso deixar meu trabalho de lado.

_Lorena eu preciso falar com você.

_Quem sabe um dia! – Fecho a porta atrás de mim ouvindo ele chamando.

_Lorena, volta aqui.... Lorena volta aqui por favor.- gritava

_Fábio quem é essa mulher para que você queira que ela fique?

Ele não se dá ao trabalho de responder e tenta levantar-se da cama, ela o impede, ainda estava fraco e não conseguiria chegar à porta sozinho.

_Você não pode sair da cama.

_Deixa de ser tola mulher. Eu preciso ir atrás dela.

_Você não vai! – Juliana vai até a porta quando vê uma enfermeira passando chama. – Por favor ele quer sair da cama, acabou de sair de um coma.

A enfermeira ajuda Juliana a colocá-lo de volta no mesmo lugar.

_Por favor senhor, não levante ou vou ser obrigada a amarrá-lo.

A porta é aberta dando passagem para o Carlos e Patrícia.

_O que está acontecendo aqui? – Pergunta ele

_Por favor Carlos, seu pai quer sair da cama. – Diz ela toda chorosa.

_Por favor pai, tenha santa paciência. Não pode se levantar ainda.

_Carlos meu filho, por favor vá atrás de Lorena, empeça de ir embora eu preciso dela, por favor.

_Pode deixar pai eu vou, mas por favor volte para cama.

Fábio obediente deixa as duas mulheres colocar ele de voltar na cama.

Ao chegar na rua, Carlos olha procurando por Lorena, encontrou-a bem distante.

_Lorena. – Grita correndo até onde estava.

Assim que ouço sua voz olho para trás.

_Espere eu preciso falar com você.

Ofegante ele para ao meu lado com as mãos no joelho.

_Você anda muito rápido.

_O que aconteceu? – Pergunto

_É o meu pai. Ele quer falar com você.

_Sobre o quê?

_Lorena por favor, não se faça de difícil. Ele te ama e está sofrendo muito, sua falta.

_Ele está sofrendo?

_Vamos Lorena não seja tão dura.

_Quem é aquela mulher que entrou no quarto como se fosse um pavão?

_Não é ninguém importante para ele, não mais do que você. Eu garanto.

_Eles estão namorando, não estão?

_Lorena....

_Estão ou não estão? Ele balança a cabeça afirmando.
_E o que ele quer de mim?

_Ele te ama, não vê isso?

_Vejo sim, e muitas coisas mais.- Ele não responde, continuo – Carlos não fomos feitos um para o outro. Nossos caminhos nunca se cruzam, estão sempre em desalinho, tudo dá sempre errado para nós. Quando não sou eu é ele.

_O que eu digo para ele?

_Diz que.... – Eu paro e penso no que vou dizer, olho para o Carlos que esperava uma resposta para dar a ele. – Diz apenas que eu o amo.

Dizendo isso continuo meu caminho deixando Carlos voltar para o hospital.

Ao chegar no quarto vê seu pai deitado levantar-se rapidamente sentando na cama.

_Conseguiu falar com ela? Onde ela está Carlos?

_Foi embora pai.

_Está vendo? – Diz a Juliana – Ela não tem interesse algum em você.

_Posso falar com meu pai a sós Juliana por favor?

_Mas o ...

_Por favor Juliana, meu filho quer falar em particular.

Ela sai batendo a porta demonstrando como estava chateada.

_O que foi Carlos? Ela disse alguma coisa?

_Disse sim. Eu não queria que você ouvisse de mim e sim da própria Lorena.

_Por enquanto me diz o que foi que ela lhe disse.

_Disse que te ama pai.

_Ela...disse... isso? Com essas palavras?

_Sim. Com todas as letras!

Fábio fica tão emocionando que lágrimas começam a rolar pelo seu rosto, dá um abraço no seu filho dizendo:

_Finalmente meu Deus. Eu nem posso acreditar que ela me ama. Por isso eu senti o seu beijo mais delicado, se entregou mais sem medo, com carinho e ardor. Carlos eu não posso perdê-la.

_Pai você não está se esquecendo da Juliana?

_Não! Vou terminar tudo com ela, alias nem deveria

ter começado. Ate agora não entendo como pude achar que ia conseguir esquecer a Lorena?

_Bom, eu vou ter que ir embora pai. Você quer alguma coisa de casa?

_Me deixa o seu celular e trás o meu por favor. Eu preciso tentar falar com ela.

_Tudo bem pai. – Ele lhe entrega o seu celular beija o rosto do pai saindo. – Se cuida e desse coração também.

_Até mais filho e cuidado por essas estradas.

Bastou Carlos sair para que Juliana entrasse.

_Juliana eu preciso mesmo falar com você. – Disse Fábio sem rodeios.

_Podemos conversa enquanto você toma esses remédios que a enfermeira ia trazer e eu tomei dela. Você estava falando com o seu filho e eu não quis interromper. Fábio pega os remédios e toma num gole de água.

_Tomei, agora senta que precisamos conversar.

Ela senta ao seu lado na cama.

_O que você tem de tão importante para me dizer que não pode esperar?

_Eu amo a Lorena.

_O que? Aquela mulher que acabou de sair daqui? A irmã do seu empregado?

_A própria. Eu tinha que te contar antes porque pretendo pedi-la em casamento.

_E como eu fico? – Ela se levanta bruscamente

_Como sempre ficou. Eu não vivo sem ela. Quero ser feliz e que você também seja. E comigo você não vai ser. Não enquanto eu amar a Lorena.

_Não acredito que você está em dispensando assim.

_Estou te falando o que vou fazer, não fique magoada comigo, mas, não podia ficar sem dizer isso a você não seria justo da minha parte.

_Quanta bondade a sua me avisar. – Juliana pega sua bolsa e como se nada tivesse mudado, apenas diz: - Vou ter que ir embora, tenho algumas coisas para resolver na fabrica, e não vou poder ficar com vocês por mais tempo, depois conversamos. – Segura o rosto de Fábio beijando o na boca – Até mais amor.

Ele não responde. Sabia que ela fazia de conta que nada de serio estava acontecendo para que ele mudasse de ideia e fizesse apenas o que ela queria.

CAPITULO XIX

No caminho de volta para casa, pensava em como fui impulsiva contando ao Carlos o que sentia. "Deveria te dito para ele eu mesma. Pena que faltou oportunidade." Abri a porta de casa triste.

_Chegou cedo hoje filha, o que aconteceu?

_O Fábio saiu do coma pai.

_Que bom! Mas você não parece que está feliz. Ou é impressão minha?

_Estou sim. É impressão sua.

_Não é o que parece.

_É que estou muito cansada de hospital. Já não chega o que eu passei ao lado do Juan agora o Fábio.

_Entendo filha. – Ele fingiu que me entendia apenas para não me chatear mais. – O Fábio ligou aqui várias vezes e disse que você não atende o seu celular. Diz que quer falar com você.

_Então o senhor já sabia que ele tinha saído do coma e não me disse nada.

_Ele me contou tudo o que aconteceu.

_Tudo?

_Tudo. Até a parte do beijo e da Juliana.

Fiquei meio que sem graça na frente do meu pai e fui direto para o telefone.

_Vai ligar para ele? – P Não respondo porque a Carmem atende.

_Alo!

_Carmem? É a Lorena.

_Lorena! Como vai?

_Vou bem. Liguei para dizer que estou de partida.

_Que bom! Então isso quer dizer que o seu amigo saiu do coma?

_Sim.

_Que noticia maravilhosa amiga. E quando você vem?
_Chego amanhã à noitinha.

_Estamos mesmo precisando de você por aqui.

_Imagino que sim.

_Nós esperamos por você no aeroporto. Eu fico feliz pelo seu amigo.

_Obrigada.

_Até mais amiga.

_Até amanhã. – quando coloco o telefone no gancho ele volta a tocar. – Alo?

_Lorena sou eu, por favor não desliga escuta.

_O que você quer Fábio.

_Preciso falar com você pessoalmente.

_Você esta em um hospital, não tem lugar para encontros românticos.

_O que você quer que eu faça? Eu não posso sair daqui enquanto a médica não der alta.

_O que você quer falar comigo?

_Por favor eu te imploro, não vai embora sem antes falar comigo.

_Tudo bem. Você venceu, eu passo amanhã bem cedo para conversarmos.

_Venha mesmo, eu não passo mais um dia sem falar tudo o que está entalado na minha garganta.

_Se por acaso receber alta antes que eu chegue, ligue avisando.

_É claro que eu te aviso.

_Então até amanhã.

_Até, um beijo amor.

_Outro.

Desligo o telefone, meu pai parecia cochilar, tinha um ligeiro sorriso no rosto, vou direto para o meu quarto sem incomodá-lo. Tomei meu banho, tinha terminado de me vestir quando ouço baterem na porta.

_Pode entrar!

_Oi!

_Oi, estava aqui terminando de arrumar umas coisas que tirei da mala.

_Vai embora amanhã mesmo?

_Vou sim.

_Por que Lorena? Agora que você podia se acertar com o Fábio.

_Eu tenho trabalho Edu, não posso me afastar tanto tempo assim dele. Já abusei demais da boa vontade do Paco e da esposa.

_Se eu fosse você não deixaria escapar essa oportunidade. Ele te ama, se você soubesse como. Eu convivo com ele todo dia e sei disso muito bem. Ele não para de falar em você.

_É mas, já arrumou quem o console.

_Não é bem assim. Você o dispensou, lembra? E não foi uma vez, foram várias. Ele se envolveu com ela apenas para te fazer ciúme.

_Eu vou conversar com ele amanhã cedo. Quero ouvir tudo o que ele tem para me dizer.

_Então vai fundo e agarre logo esse cara.

Jogo o travesseiro nele que segura antes de atingi-lo. Ele sai do quarto sorrindo.

Na manhã seguinte liguei para o aeroporto reservando a passagem, depois do café da manhã fui para o hospital. Os filhos de Fábio estavam no quarto com ele.

_Bom dia para todos! – disse abrindo a porta e entrando.

_Bom dia amor. – Foi o que ouvi dele abrindo os braços.

_Bom dia Lorena. – Disse os filhos já saindo de perto do pai.

Ele me puxa para si me abraçando, seu beijo era impetuoso para o momento, eu o seguro me soltando, sentia meio deslocada em beijá-lo daquele jeito na presença dos filhos.

_Você está bem? – Pergunto

_Muito bem, o médico disse que se eu continuar assim amanhã cedo vou poder voltar para

casa.

_Então não abusa.

_Bom, Patrícia. Acho que somos demais por aqui. – Carlos dá uma piscada para a irmã.

Sorrimos para os dois que se despedem saindo.

Sentei na cadeira que tinha ao lado da cama. Ele me puxa para ficar ao seu lado.

_Venha sentar ao meu lado.

_Você está bem mesmo?

_Agora que você está aqui, estou melhor do que antes.

Sua mão acariciava o meu rosto, nossos olhos por um tempo ficaram presos um ao outro. Vou chegando próximo ao seu rosto, meus dedos acariciam seu rosto delicadamente sentindo sua pele, deslizo até seus lábios fazendo o contorno, ele se arrepia todo mas, não faz nenhum movimento. Nossos lábios vão aos poucos se roçando, se tocando e se acariciando. O beijo não cessava, era como estar nas nuvens, estava maravilhoso. Sentia todo o amor fluindo em meu corpo, nos olhamos até ele dizer com voz embargada:

_Eu te amo Fábio. Sei que demorei muito para dizer isso, mas não poderia ir embora sem dizer-lhe.

_Lorena. – Diz me abraçando – Como eu queria ouvir isso de você, eu desejei tanto ouvir esse som dos seus lábios.

_Eu te amo, – Entre caricias e beijos eu me declarava para ele – eu te amo muito.

Ele segura o meu queixo para olhá-lo nos olhos. Acariciava-me no rosto, passei os dedos nos seus lábios, Fábio me puxa para um beijo ardente, nem percebemos que a enfermeira entra no quarto dizendo:

_Hei! Vocês dois ai nessa cama. Vão com calma; senhor Fábio você não está tão bom

assim.

Sorri sem graça para ela ouvindo as explicações dele:

_Por favor Isabel estou tão feliz, vou sair amanhã e você vem me desanimar dizendo que não estou bom.

_Ela tem razão. Você precisa descansar. – Disse saindo de perto dele para que ela administrasse o remédio.

_Descansar? Amor, eu estou muito tempo aqui deitado.

_Mesmo assim acho bom obedecer, ou ela pode te dar uma injeção daquelas bem doidas.

Ele olha para nos dando uma risada, a enfermeira termina os exames dizendo:

_É você está bem mesmo. A pressão está boa. Tudo em ordem senhor Fábio.

_Está vendo. Eu disse para vocês duas que estou bem.

_Mas não vamos abusar. – Disse ela saindo do quarto

Ele estende a sua mão que eu seguro, ele me puxa de volta para o seu lado me abraçando.

_Não consigo mais ficar longe de você Lorena.

_Fábio eu vou voltar hoje á noite para a Espanha. – digo não esperando uma boa reação da

parte dele.

Vejo tristeza nos seus olhos quando me olhava.

_Você vai me deixar? Por favor amor fica comigo, eu não posso perder você de novo.

_Você não vai me perder, a não ser que queira.

_Deus me livre.

_Eu volto, eu não posso atrasar por mais tempo o ano letivo dos meus alunos, preciso aplicar

as provas.

Ele me abraça forte, sinto que as lágrimas vêm aos seus olhos, levanto a cabeça do seu ombro para olhá-lo. Seus olhos estavam marejados de água, vou beijando delicadamente seu rosto até chegar aos lábios que ele toma num beijo duro e quente.

_Por favor meu amor não fique assim, eu vou voltar. Agora eu tenho motivo para isso.

_Tem mesmo Lorena?

_Fábio eu já lhe disse que te amo. E é verdade.

_Demorou em reconhecer que eu sou o homem da sua vida.

_Não seja tão metido. Eu te amo, não adoro.

_Pois eu te amo, te adoro, te venero e vou morrer de saudades quando você partir.

_Você primeiro, se recupera. Depois eu volto nas férias e assim podemos tirar os atrasos.

_Você disse que vai hoje?

_Sim, eu parto hoje à noite.

_Mas hoje? Eu queria ficar com você mais um pouco.

Fábio falava demonstrando estar visivelmente transtornado.

_Você precisa se recuperar.

_Por que não cuida de mim? Como fez esses dias.

_Eu devia isso a você.

_Você não me deve nada. – ele segura minha mão dizendo: - Eu queria te agradecer. Os meus filhos falaram tudo o que fez por mim. A Patrícia gostou muito de vocês. Até agora ela só lhe fez elogios.

_Até agora. – Respondi brincando. – Deixa quando ela me conhecer e você Verá.

_Ela vai te adorar.

_Eu não vou poder chegar muito tarde em casa.

_Você não vai me esquecer vai?

_É claro que não! Como eu poderia?

_Então prove.

Seu olhar penetrante queria naquele momento que eu lhe desse prova do que sentia, parecia um pedido de socorro, puxei seu rosto na minha direção dando vários beijos. Fábio me segura com mais força mostrando que seu beijo era pessoal, maravilhoso e terno. Eu adorava seus beijos cheios de sensualidades, juntos tínhamos muita harmonia.

_Eu te amo Fábio. – Dizia entre beijos

_Continua não para por favor.

_Eu te amo.....

Depois de muitos beijos e caricias a hora da partida é chegada.

_Lorena, por favor me deixa o seu endereço, seus telefones. Algum tempo atrás eu fui te procurar no endereço que aquele espanhol deu ao Edu, e não tinha mais ninguém morando naquele endereço. Eu fiquei perdido, não achei nem o colégio.

_Fábio você foi atrás de mim?

_Fui, eu queria tanto te ver. Estava morrendo de saudades, não tinha noticias suas e não aguentava mais a sua indiferença;

Eu o abracei fortemente não acreditando no que estava ouvindo. Muito tempo eu pensei que ele poderia chegar e me resgatar daquele sofrimento.

_Meu amor é verdade mesmo?

_É sim, desta vez por favor eu quero tudo certo. Preto no branco. Quero saber cada lugar que você costuma frequentar com telefone.

_Tudo bem! Eu lhe dou o endereço. – Num pedaço de papel eu escrevia tudo o que ele me pedia.

_Colocou ai o endereço da escola também?

_Você também o quer?

_Todos os endereços possíveis para te achar.

Eu escrevia sorrindo daquela atitude.

_Tome! E não me cobre mais nada.

Quando ele lê que logo abaixo dos endereços escrevi também "eu te amo". Ele me puxa para seu lado dizendo:

_Eu também te amo meu amor.

Depois de um longo beijo me despeço.

_Agora preciso ir. Por favor se cuida, saia logo daqui. E assim que estiver em casa me liga, coloquei os horários que costumo ficar em casa.

_Pode deixar que vou ligar todos os dias. Liga assim que chegar em casa, quero saber se tudo correu bem durante a viajem.

_Ligo sim, prometo.

Ele me puxa para um beijo ardente, terno e duradouro, não queríamos parar o beijo, mas o tempo corria. Não podia perder o voou.

_Por favor se cuida, quando voltar quero te ver bem. Ou melhor do que estou te deixando.

_Boa viajem meu amor, tome cuidado e não se esqueça de que eu te amo. Vá com Deus.

_E você também não se esqueça que eu te amo, e fique também com Deus.

da porta jogo um beijo para ele sentindo as lágrimas caírem, pude ver no olhar dele que também derramava várias lágrimas, com o coração partido saio deixando o sozinho. Meu coração estava pela primeira vez feliz e, dividido sabendo que ele ainda me amava. No corredor encontrei a "tal Juliana", que passa por mim fingindo não me ver. Apenas segui meu caminho não dando importância ao fato.

Assim que chego em casa á tempo de tomar um bom café, me alimentei bem, depois de pronta meu irmão me levou para o aeroporto.

Parti deixando e sentindo muita saudade.

No quarto, Fábio se sentia muito feliz, não cabia em si de tanto contentamento. "Meu Deus, meu sonho se tornou realidade, ela me ama mesmo." Pensava com a cara mais feliz desse mundo quando seus sonhos são interrompidos por alguém que entra no quarto como se fosse um pavão, levantando tudo em volta. Era a Juliana. Fábio muda sua fisionomia de imediato.

_Oi amor tudo bem hoje?

_O que você veio fazer aqui Juliana? Eu já não lhe pedi que não viesse mais?

_O que é isso? Que pergunta mais idiota para um homem tão inteligente como você, oras eu vim lhe fazer companhia.

_Não precisa, eu já estou bem. Meus filhos logo vão estar aqui para ficar comigo, e para dizer a verdade eu queria era um pouco de paz.
Ela finge que não ouve e senta ao seu lado.

_Achei que nossa conversa de ontem tinha sido bem clara para você.

_E foi. Eu sei que você disse que ama essa tal de Lorena. Fiquei sabendo também que ela vai embora para a Espanha.

_Ela vai voltar não se preocupe. Foi apenas a trabalho.

_Engana que eu gosto. Você acha que uma moça como a Lorena, vai ficar sozinha na Europa? Meu caro não me parece você me conhece as mulheres. Enquanto você está aqui sofrendo, ela está namorando outro sem você saber.

_Isso mostra que você não conhece a Lorena como eu a conheço.

_Conheço as mulheres em geral.

_Não adianta querer jogar ela contra mim Juliana, você não vai conseguir.

_Eu não estou querendo jogar ninguém contra ela. Só estou tentando abrir seus olhos.

_Obrigado mais não precisa.

_Você já almoçou? – Perguntou indiferente.

_Faz muito tempo, que horas você pensa que é?

_Não sei, eu não fico olhando o relógio de minuto em minuto.

_Você....

Antes que respondesse o médico entra no quarto.

_Boa tarde, como vai o senhor?

_O senhor eu não sei, mas eu estou ótimo.

_Se já está fazendo piada é sinal de que está muito bem.

_Quem fez a piada foi você. Sinto me jovem e muito bem disposto.

_E o que eu vejo é que está muito feliz hoje. Muito bom, isso ajuda na recuperação. – Fábio não respondeu apenas sorriu – O que aconteceu? Viu o passarinho verde?

_Não, é que estou amando e sendo correspondido.

_Que maravilha. Isso sim faz muito bem mesmo. Nada melhor do que o amor para curar qualquer mal. – Diz segurando o pulso – Sua pressão está muito boa, não tem diabetes, o colesterol está normal, vejo que se cuida muito bem.

_Eu preciso doutor. Tenho um casamento à vista.

_Meus parabéns, e quem é a sortuda? – Diz voltando-se para Juliana.

_É a moça que ...

_Sou eu. – Fala Juliana se adiantando.

Fábio altera a fisionomia e nada diz.

_Meus parabéns. Espero ser convidado para comer um bolo bem gostoso. – Percebendo que algo não batia o medico continuou. – Bom, está tudo certo por aqui.- ele assinou uns papeis e entregou a Fábio. – É melhor não voltar ao trabalho por enquanto. Descanse um pouco mais e tente se recupera melhor.

_Pode deixar doutor.

Quando a porta se fecha atrás do médico deixando os dois sozinhos, Fábio diz:

_Você sabe muito bem com quem vou me casar.

Não convencida, chega perto dele dizendo sensualmente mostrando seu decote generoso.

_Por favor Fábio, eu te amo muito. Você não pode me deixar por um romance que sabe que não vai dar certo.

_Eu já lhe pedi para não ter esperanças a meu respeito. Você sempre soube que eu amo a Lorena e nada vai mudar isso.

_Quer dize que o que passamos não significou nada todo

esse tempo?

_Nunca lhe prometi nada.

Juliana pega sua bolsa saindo batendo a porta do quarto com força. Ele encosta a cabeça no travesseiro aliviado. Pensava em tudo o que Lorena lhe disse, no beijo que ela lhe deu, o carinho em ter cuidado dele todo aquele tempo. Passava a mão sobre o rosto tentando imaginar ela fazendo sua barba, "eu queria ter estado acordado naquele momento."

Olhando pela janela do avião, pensava no beijo e no carinho que recebia de Fábio, realmente estava feliz, sentia a felicidade daqueles momentos que passei com ele no hospital, "bem diferente do que passei com Juan."

Com Juan, ela sabia que tinha sido apenas sofrimento para todos, era algo que queria esquecer e deixar apenas os bons momentos na memória. O amor que sentia por Fábio era a melhor coisa que poderia ter acontecido e melhor ainda saber que ele me amava ainda e muito, mesmo depois de tudo o que eu lhe fiz. Sentia falta do seu carinho e sua companhia.

CAPITULO XX

O avião aterrissa com uma forte ventania, estava muito frio, o casaco parecia que não aquecia, tremia dos pés a cabeça até chegar a um táxi, direto para casa. Logo que entrei ascendi à lareira para aquecer a casa e a mim também. Tomei um bom banho, vesti a camisola, preparei um bom chá que levei até o quarto. Olhava para a mala sobre a cama.

As lágrimas desciam pelo meu rosto, "trouxe tudo menos o que eu mais queria. Você Fábio." A solidão se abatia sobre aquele quarto, na mala havia uma blusa que tinha pertencido a minha mãe, a falta que ela ia me fazer era grande, peguei a blusa abraçando, "quando eu me casar com o Fábio você não estará presente, mãe. Era tudo o que eu queria era vê-la no altar ao lado do papai." Chorei a perda. Olhava ao redor e nenhum retrato da minha família tudo ainda estava como antes, impessoal, não tinha mudado nem um vaso de lugar, nada ali tinha um toque meu. "Amanhã mesmo vou mudar isso." Pensava decidida.

Na manhã seguinte, a neve pegava todos de surpresa, como sempre fazia caminhei até o colégio. Fui direto para a sala dos professores.

_Lorena! – Foi um grito geral ao ser recepcionada por todos

_Pessoal senti tanta falta de vocês todos. – Dizia abraçando os amigos.

_Nos deixou na mão Lorena. – Disse a Carmelita

_Quem ficou no meu lugar? – Perguntei pegando um copinho de café.

_A Júlia e a Carmem se dividiam par dar as aulas.

_Coitadas, vou compensá-las.

Caminhei direto para a sala de aula encontrar meus alunos, fui tão bem recebida que quase chorei pela demonstração de carinho por parte deles, a aula tornou-se produtiva e muito divertida também. Tinha muitas aulas para repor, não que eu me importasse, adorava o meu trabalho e fazia com carinho, amor e dedicação.

Tirei a solidão de dentro de casa, comecei no final de semana a reforma, queria deixá-la com a minha cara. Daria um toque pessoal, tinha alguns objetos que não eram do meu gosto, levei tudo para o lixo.

Passados três meses, Fábio tinha acabado de desligar o telefone para a Espanha, aquela semana não tinha sido muito boa para a comunicação com Lorena, devido às tempestades no país.

A saudade aumentava a cada dia e, o amor também. Voltou a trabalhar mesmo contrariando ordens medicas, não queria ficar em casa. Preparava seu filho para ocupar seu lugar, quando fosse viajar. Corria contra o tempo, preparava tudo a seu gosto, as peruas adquiridas recentemente estavam nas ruas, novos motoristas sendo contratados, deixava tudo pronto para que Edu gerenciasse livremente. Naquela noite foi direto para casa do pai de Lorena.

A surpresa quando ele chegou.

_Seu João eu vim porque antes de viajar para a Espanha queria fazer um pedido ao senhor.

_Claro meu filho, sente-se.

Fábio obedeceu ficando de frente a ele.

_Eu vim aqui porque queria pedir a mão de Lorena em casamento.

_Não vou dizer que estou surpreso com essa atitude porque sempre soube que você amava minha filha. – E faz uma pausa para concluir – Mesmo ela não estando aqui para dizer o que pensa dessa sua atitude eu queria que me dissesse uma coisa.

Ele se ajeita na cadeira.

_Pois não!

_O que Lorena sente ao seu respeito?

_Ela disse que me ama.

_Você já falou para ela sobre o casamento?

_Ainda não! Comprei o anel de noivado hoje, mas antes de ir para a Espanha falar com ela, queria antes de tudo falar com o senhor.

_Eu fico feliz com a sua atitude. Sempre soube que vocês eram feitos um para o outro. Mas você não tinha uma namorada?

_Tinha sim, mas faz muito tempo que eu terminei, alias foi no dia que pedi sua filha em casamento. O senhor sabe que eu não vivo sem ela. Eu a amo muito, o senhor pode ficar sossegado de que vou fazê-la muito feliz.

_Tenho certeza disso. O que me resta é dar a benção e que vocês sejam muito felizes juntos. – Eles apertam as mãos – Quero muitos netos. Quando você viaja?

_Depois de amanhã.

_Fábio faz um favor para mim. Traga ela de volta para casa. Sabe é tão ruim ela morar tão longe da família. O meu coração fica tão apertado.

_Pode deixar, vou fazer o Possível. É o que eu quero também.

Os dois ficaram conversando por um bom tempo até que Fábio se despediu.

Ao chegar em casa sua filha Patrícia esperava por ele na sala.

_Onde o senhor esteve até agora?

Ele sorri para a filha, sabia que ela era muito cuidadosa, abraçou-a feliz da vida, seu filho Carlos olhando para o pai deixa o livro que tinha nas mãos de lado.

_E ai senhor Fábio não vai responder?

_Estava na casa do seu João.

_O pai de Lorena?

_Eu fui falar sobe o pedido de casamento.

_E o que ele disse?

_Eita, que menina curiosa essa. – Disse Fábio brincando com a filha – O que vocês acham? Ele nos deu sua benção.

_Que bom pai. – Disse Carlos abraçando o pai.

_É pai eu também fico feliz por você ter finalmente conseguido o amor dessa mulher.

_O senhor comprou a passagem?

_Consegui para depois de amanhã. Queria para ontem mas não tinha.

_Se acalme senhor Fábio. Está querendo se ver livre de nós?

_Estou brincando.

_Pai você não vai demorar por lá, vai?

_Não. Pretendo trazer a Lorena de volta para cá o mais rápido possível.

Fábio estava ansioso para chegar à Espanha. A saudade de Lorena era tanta que chegava a quase ser insuportável. Apenas as conversas por telefone que sempre estavam ruins ou caiam não dava para aliviar esse tormento, sentia que agora chegara a tão sonhada felicidade.

Com a benção do pai de Lorena ele embarcou rumo a sua amada. Teve um sobressalto ao ouvir ser anunciado que iam aterrissar. Olhou pela janela e viu logo abaixo a cidade, o dia embora estivesse frio estava ensolarado e bonito. Seu coração acelerava cada vez que o táxi avançava em direção ao endereço que ela lhe deu. Ao chegar na bela casa com sua mala na mão, não via ninguém por perto. Perguntou ao motorista onde ficava o colégio. Entrou novamente no carro, parando em seguida em frente, logo viu Pablo e a Carmem saindo.

_Bom dia! – Disse chegando perto deles – Eu gostaria de falar com a professora Lorena.

_No momento ela está na sala de aula.

_Seria possível eu falar com ela?

_Claro, eu te mostro a sala. – Dizi Paco animado.

_Muito obrigado.

Conduzido por um longo corredor, Fábio já ouvia a doce voz de sua amada, Paco parou em frente a uma porta fechada dizendo:

_É esta aqui.

_Obrigado. Eu quero fazer uma surpresa para ela.

Paco sorriu deixando ele sozinho, ficou parado próximo à porta ouvindo Lorena falar em tom suave num castelhano perfeito, contando a historia da conquista espanhola. Olhou para sua mão que tremia ao pegar a maçaneta da porta.

Bateu de leve, percebeu que ela parava de falar, num mesmo instante volta a falar. Bateu novamente com mais força, não obteve resposta imediata porque os alunos fizeram um alvoroço na sala. Abriu a porta, todos voltaram para ele que procurava por ela, quando a viu próxima a janela com um sorriso de surpresa no rosto. Ficou tão emocionado que não conseguia expressar uma fala. Lorena foi ao seu encontro dizendo ao alunos:

_Vocês podem me dar licença por uns instantes.

Fecho a porta me jogando nos seus braços.

Nos abraçamos apertado, um beijo sofrido e terno, a porta aos poucos vai se abrindo sem que percebemos, os alunos assistiam tudo em pleno silencio. Quando nos separamos os aplausos dos alunos nos chama a atenção. Sem graça fechei novamente a porta tomando o cuidado de não sermos vistos pelos alunos.

_Com licença! - Disse

Um beijo suave seria bom para aquele lugar, mas não para nós. Estávamos desejosos, saudosos e um querendo o outro de uma forma quase espiritual. Voltou para ele dizendo:

_Não estou acreditando que está aqui. – Acariciava o rosto frio daquele homem – Senti tanta saudade.

_Que saudade estou de você amor. Eu não via a hora de te ver.

_Você foi até a minha casa?

_Sim, como não tinha ninguém achei melhor vir até o colégio. Não sabia que tinha aulas aos sabados.

_Eu vou pegar as chaves de casa e você espera por mim lá.

_Não eu espero aqui mesmo.

_Você deve estar cansado, eu vou demorar.

_Não me importo. Quero ficar com você. – sorri roubando um beijo.

_Então entra. – Abro a porta segurando pela sua mão, adentramos a sala de aula. – Crianças quero apresentar a vocês o Fábio. E quero pedir desculpas pelo ocorrido agora há pouco.

_Olá Fábio. – Responderam

_Olá crianças. A professora não disse mas eu sou o noivo dela. Sei que sou velho ma, - Eles sorriam para ele em resposta – Eu a pedi em casamento para o pai dela e ele concordou. Estava estarrecida com a atitude dele. Emocionada o bastante para não consegui falar.

_É verdade! – Disse ele- Fui falar com o seu pai antes de vir para cá, ele nos deu sua benção. Com a mão sobre a boca para não chorar na frente dos alunos por causa da forte emoção, fomos aplaudidos por todos na sala. Ele apertava minha mão vendo toda a emoção que sentia. Depois de falar, não querendo mais atrapalhar a aula, Fábio tentou sentar numa cadeira vazia no fundo da sala, brincava dizendo ao meninos:

_Queria sentar ao lado da professora, eu não fiz nada para ficar no fundo de castigo.

As crianças riram do jeito dele que me surpreendeu falando muito bem a língua local, ele não entrava na cadeira que era pequena, a risada era geral. Assim que conseguiu sentar chamei a atenção dos alunos para a aula.
Na sala dos professores apresentei o a todos, de mãos dadas fomos caminhando até minha casa, ele carregando a enorme mala na mão.

_É muito bonita sua casa Lorena. Você a comprou?
Perguntou ao entrar na sala deixando sua mala no chão.

_Era da família do Juan, amãe dele me deu assim que ele morreu. - Eu falava me dirigindo a cozinha sem perceber a fisionomia dele. – Acho que ela queria me agradecer de alguma forma por ter cuidado dele enquanto estava no hospital.

_Soube que ele morreu de câncer.
Olho para ele pensando que se ele soubesse a verdade como reagiria, mas não disse nada.

_É. – Respondi apenas

Levei o para o quarto, fiz um delicioso jantar para nos dois com sua ajuda. Fábio demonstrou ser um bom cozinheiro e um ótimo conhecedor de vinho. Enquanto arrumava a mesa ele tomava um banho, voltou minutos depois bem à vontade de chinelos. Jantamos, conversamos sobre o assunto que o trouxe ali. O casamento. Subi para o quarto para tomar um banho, deixei-o no sala deitado na espreguiçadeira. Voltei vestida de uma linda camisola pequena, a lareira estava acesa aquecendo toda a casa, cheguei perto dele, agachei ao seu lado passando a mão sobre a perna exposta, sentia que era bem forte e máscula, nossos olhos se encontraram, ele me puxou para si, deitei ao seu lado, coloco mina perna sobre a dele.

_Você é minha Lorena...minha doce Lorena...o que você fez comigo para te amar tanto assim? – Sua voz saia rouca e terna.

Relaxei o corpo sobre o dele, dando um suspiro ao sentir os braços dele cruzando minhas costas, passou os dedos suavemente sobre o meu rosto tirando os cabelos que estavam sobre ele, cheguei aos seus lábios e num ímpeto de desejo fiz o mesmo contorno de sua boca com a língua. Fábio nem ousava respirar, sentia algo novo e extremamente maravilhoso, beijava de leve traçando com cuidado todo os seus lábios, até que os lábios mornos se tornaram quentes o bastante para um convite a um beijo mais sensual, com um desejo ardente deu gemido explicito, explosivo segurando minha cabeça com as mãos, esmagando sua boca contra minha.

Fábio beijava como se fosse o último desejo de sua vida, finalmente tinha conseguido algo que há muito tempo lhe fora negado. Tentando desesperadamente saciar-se antes que lhe tirassem esse desejo tão precioso.
Nunca tinha sido beijada daquela forma, sempre gostou dos beijos dele, mas esse era o melhor de todos, ele beijava com paixão rude e incontrolável, sabia que era correspondido na mesma medida por Lorena como nunca fizera antes. A boca ávida e quente dele se movia sobre a dela, as línguas se acariciando num ritmo sensual, fazendo todo o corpo de Lorena ser assaltado por ondas de tremores prazerosos. Fábio estremecera

sobre o efeito intimo e erótico das caricia que ela lhe fazia, sentia a perna dela movendo-se de cima para baixo sobre as suas.

_Ah Lorena! – Dizia ofegante

CAPITULO XXI

Nossasbocas se encontraram novamente, o desejo tomou conta daqueles corpos, Lorena atiçava cada partícula de seu ser, sentisse como se estivesse em chamas. Tentava tomar fôlego mas era impedida por Fábio que a colocou entre suas pernas. Meu corpo ajustava-se aos contornos do corpo másculo dele como se tivessem sido feitos um para o outro.

O forte gemido de Fábio quando Lorena moveu seu quadril acomodando-se, ele corria as mãos sobre o tecido macio de sua camisola, apertando-a contra si num ritmo continuo.

_Eu tenho que sentir seu corpo Lorena, desejo você mais do que tudo. – Puxou a camisola sobre os braços dela, com ansiedade e impaciência, logo suas roupas estavam no chão.

Encostei os seios sobre o peito másculo dele, ao sentir as mãos sobre eles, fechou os olhos sentindo todo o prazer provocado por aquele toque, um gemido entre os dentes saiu como se fossem chamas de fogo consumindo todo meu corpo.

_Se você soubesse o quanto sonhei com isso. – A voz dele era sussurrante, enquanto acariciava as costas nuas. – Cada vez que você passava por mim ou me rejeitava, eu te desejava. Cada vez que eu me pegava pensando em você achava que nunca ia conseguir ter como a tenho agora. Você sempre me deixou louco...eu a quero mais do que nunca Lorena eu a quero agora.

Aquele apelo na voz rouca de Fábio despertava uma paixão adormecida que eu achava não existir mais.

_Me ame Fábio, me ame como você sempre desejou. Eu quero ser sua hoje, amanhã e sempre.

_Oh! Minha querida. – Ele deslizava suas mãos até a pequena calcinha proporcionando um

prazer indescritível. Segurou lhe o quadril com força puxando-a sobre si, enquanto impulsionava os quadris para frente numa ânsia ritmada. – Não para minha querida.

Agarrando com delicadeza mas com força suficiente para que ela não se liberasse de seus braços, rolou o corpo deitando sobre o dela. Bocas coladas, suas mãos rudes provocando sensações diferentes contra a pele acetinada dela. – Você é tão perfumada, tem um cheiro de mulher que me deixa louco.

Fábio roçava sua língua sobre o bico dos meus seios, fazendo o meu corpo estremecer todo, tentava tirar o short que usava lutando com o botão, sorrindo puxei o zíper colocando a mão por dentro, deixando-o mais desejoso. Finalmente ele tira. Seu membro rígido era acariciado com vontade e desejo incontrolável. Fábio beija o pescoço de Lorena, o ombro, os seios, na barriga até descer ao tufo que estremecia ao toque, deixando uma trilha de beijos voltando pelo mesmo caminho.

Fábio não aguentando mais adiar aquele prazer pegou-a no colo levando-a para a cama no andar de cima, subiu as escadas demonstrando que estava em plena forma, colocou-a delicadamente sobre a cama deitando sobre seu corpo. Tomou sua boca de assalto, afastou suas coxas macias para introduzir seu membro ansioso, ele chegava perto quanto ouve um grito sair de minha boca. Finalmente a realidade caia como uma bomba sobre minha cabeça.

_Não...

_O que amor? O que aconteceu?

_Não...não posso fazer isso.

_Porque Lorena? – Fábio olhava para o meu rosto vendo o medo espantado nele.

Seus olhos abertos excessivamente.

_Lorena fique calma. Eu não vou fazer nada que não queira.

Fábio me abraça, chorava fortemente, ele tentava me acalmar.

_Lorena meu amor.

Ele tentava em vão me acalmar, sem saber o real motivo dessa reação negativa tão repentina.

_Lorena! Você não quer me contar o que está acontecendo?

Enxuguei as lágrimas olhando para ele que acariciava meu rosto, todo aquele fogo de repente deu lugar ás duvidas.

_Fábio perdoa por favor. Eu entrei em pânico e, não sei porque fiquei tão assustada.

_Tem que ter uma explicação amor.

_Ter tem sim. Não sei como lhe dizer. Quem te falou que o Juan morreu de câncer?

_ O seu pai. Mas não vamos falar desse cara agora.

_Ele sabe apenas o que eu pedi para contar......

_Então ele morreu de quê? – Interrompeu

_Ele era soro positivo.

Fábio olha para mim incrédulo, sentou na cama ao meu lado não acreditando no que acabara de ouvir.

_Lorena, não está me dizendo que ele era.....

_Sim, homossexual.

_Você sabia?

_Fiquei sabendo depois que voltamos do Brasil, ele mesmo me contou.

_Lorena você não está achando.......

_Psiu! Não diga nada. – coloquei os dedos sobre os seus lábios. Deixa eu te contar tudo desde do principio e a luta travada por ele no hospital.

_É por isso que você reagiu desse jeito? Pensa que eu tenho alguma coisa? Não fique pensando que também sou homossexual porque não sou, gosto mesmo é dessa fruta que você tem.

_Desculpe amor, mas é um bloqueio mental, ou sentimental ou sei lá o que.

_Muito bem, eu fazer todos os exames e tirar essa duvida da sua cabeça.

Olho para ele.

_Fábio. você não precisa. Não quero te forçar a nada.

_Eu quero fazer isso amor. – Fala colocando os dedos sobre meus lábios. – Eu te amo e te quero mais do que nunca. Vou provar que sou muito saudável, não sou homossexual ou coisa do gênero, nada contra, mas no meu caso eu prefiro você.

_Perdoa amor.

_Não há o que perdoar, eu te compreendo perfeitamente, depois de tudo o que você passou.

Fiquei feliz em sabe que você esta feliz e também está muito bem.

_O Juan sempre foi honesto comigo. Ele me contou assim que tudo aconteceu, nunca mais ficamos juntos. Talvez tudo deveria ter acontecido, estava no meu destino.

_Não importa mais amor. Esqueça o passado, vamos viver o nosso presente. Para celebramos o nosso futuro.

Fábio rola seu corpo sobre o dela, acariciando os lábios de Lorena roçando de leve, esse toque ele sabia que a fazia estremecer de prazer, ele a beija fazendo-a esquecer tudo por aquela noite.

Dormiram abraçados. Fábio quase não dormia, pensava em tudo o que Lorena tinha lhe contado, o destino brincava com ele, olhava o corpo daquela mulher colado ao seu, totalmente nu, o prazer de tê-la tinha sido novamente adiado, ele a queria e muito, sentia a necessidade de ter aquela mulher para si, que sempre fez seu coração bater mais forte.

Passou os dedos suavemente pelo corpo macio, ela estava totalmente entregue nos seus braços, apertou- a dizendo: "eu te amo, eu te desejo menina. Você será minha custe o que custar." Beijava os cabelos cumpridos e sedosos, ela mexeu-se virando as costas para ele que a envolveu nos braços e dormiu.

Fábio acordou assustado não vendo Lorena na cama.

_Lorena? – Levantou enrolado no lençol.

_Estou aqui em baixo, na cozinha.

Fábio resolveu descer do jeito que estava sem roupas mesmo, chegou na cozinha vendo-a apenas de

camiseta, um lindo sorriso no rosto dela despertou o desejo ao vê-la lambendo o dedo sujo de geleia
_Bom dia amor. Eu ia levar seu café.
_Como foi sumir assim? – Chegou perto dando um beijo nos lábios dela – Bom dia minha querida.

_Queria te fazer uma surpresa mas, você estragou.
_Eu que deveria estar fazendo isso não você.
_Dormiu bem?
_Do seu lado eu quase não dormi.

Sorri para ele olhando desconfiada.
_Por que? Por acaso eu ronco ou o que?
_Não é nada disso.
_Quer tomar um banho antes ou depois do café?
_Vamos a algum lugar?
_Depende de você. Quer ficar ou sair?
_Ficando aqui sozinho com você não sei se vou aguentar
Lorena faz uma careta para ele.
Enquanto Fábio tomava seu banho, eu me vestia, coloquei uma calça bem quente e um casaco, vestia a bota quando ele saia do banho enrolado na toalha.
_Já estou pronta.
_Eu me troco em um instante.
Depois de alguns minutos, Fábio também estava pronto.
_Vamos dar um passeio?
_Vamos....- Diz ele meio desanimado.
Queria curtir aquela mulher e via o seu desejo ficar cada vez mais forte.

O dia foi para passear, almoçaram num restaurante, caminharam, Fábio contava tudo o que tinha feito quando veio atrás dela. Ficaram o dia todo, percorrendo os pontos turísticos da cidade. Passaram no mercado ao voltarem para casa, prepararam um jantar bem aconchegante, que proporcionou uma

intimidade maior aos dois. Dormir era uma tortura, Lorena aco-
modou-se ao seu lado provocando com sua caricias ousadas.

_Menina não me provoque desse jeito, eu não sou de ferro.

_Faça amor comigo Fábio, me ame como sempre desejou.

_Esse seu pedido me fascina, mas eu não quero que você faça
algo que possa vir a se arrepender depois.

Fiquei calada, vestia apenas uma fina camisola, ele de cuecas. Foi a pior noite juntos, a mais difícil, eu sentia a presença máscula dele, sentia o fogo ardendo nos nossos corpos prontos para explodir de amor, olhava para ele que dormia, apoiei a cabeça no braço dele olhando-o. Percorria os dedos nos seus cabelos fortes e bonitos, seus traços perfeitos, seu peito másculo cheio de pelos macios, descia os dedos sentindo a grossura firme de suas coxas e no meio viu o seu membro que descansava, tocou de leve para não acordá-lo, sentindo a firmeza e a masculinidade que emanava dele, o desejo crescia queimando todo o corpo, "nem o Juan com todo aquele corpo maravilhoso era tão másculo quanto você." Pensava sorrindo.

Percebia que começou a amá-lo logo no primeiro dia que o viu sem a barba. Encostou a cabeça novamente no peito dele e esperou o dia amanhecer olhando as chamas queimando na lareira. Fábio sentia os lábios macios de Lorena no seu ombro, mexeu-se na cama.

_Bom dia amor, já está de pé? – Diz abrindo os olhos procurando o relógio.

_Bom dia amor. Eu dou aulas hoje. Ele sentou na cama e viu que já estava trocada.

_Vou ao médico hoje fazer os exames. – Lorena olhava para ele – Vou ao mesmo lugar que

você fez.

_Eu te acompanho, depois vou para o colégio.

Tomaram o café praticamente em silencio. A tensão daqueles exames, o desejo de estarem juntos fizeram com que tomassem a melhor decisão.

Caminharam juntos para a clinica, a enfermeira colheu amostra de sangue dizendo:

_O senhor pode pegar o resultado no final da tarde de quinta feira.

_Obrigado.

Saiu da sala, encontro Lorena na sala de espera.

_O resultado vai demorar uns dias. – disse com tristeza.

_Não se preocupe, os dias passam rápidos.

_Não como eu gostaria.

Realmente aquela espera seria um martírio para ambos. Estavam tão desejosos de amor que tinham que se conter ao Máximo Enquanto Lorena dava aulas, Fábio ficava na casa esperando por ela, fazia o jantar, preparava muitos mimos para quando ela chegasse, ia buscá-la no colégio todos os dias. Fazia alguns consertos na casa apenas para não ficar sem fazer nada.

_Que cheiro delicioso. – dizia quando chegava – O que você fez hoje?

_É surpresa. Vai para seu banho que eu ainda tenho que por a mesa.

Depois do banho, desci para a cozinha, Fábio terminava de por a mesa.

_Desse jeito vou ficar mal acostumada. Venha sentar-se amor, deixa que eu lhe sirvo.

_Lorena, você vai comigo amanhã buscar o exame?

_Mas é claro amor. – Ela entrega o prato para ele – Se você não se importa se for depois da aula?

_Não tem problema. É esse horário que a enfermeira disse para buscar.

Enquanto saboreavam o delicioso jantar preparado com todo carinho por Fábio, conversavam todo tipo de assunto.

Todos aqueles dias juntos sem poder fazer amor como gostariam, não se tocavam por um bom motivo. Ele evitava ao máximo ter contato físico mais intimo com ela, relutava com ele mesmo. Ver Lorena de camisola andando pelo quarto, ou nua banhar-se, vendo seus seios arfando roçando delicadamente o tecido fino e branco, imaculado como o amor que sentia por ela. Fingia dormir quando ela deitava, sentia seu corpo queimando ao lado dele, os seios rígidos encostados nas suas costas.

_Fábio. – Ouvia ela chamando, mas não queria que ela soubesse que estava acordado. – Já está dormindo meu amor, nem deu um beijo de boa noite. – sentia os lábios dela flexionando seu ombro, abraçando-o com força. Ficou com o coração apertado e aos poucos foi se virando para ela.

_Estou acordado amor, apenas não queria que você soubesse.

_Que maldade amor. Eu só queria um beijo.- disse deitando sobre o peito dele.

_Se você soubesse amor como estou me segurando para não te fazer minha como eu desejo. – Ele passava os dedos sobre o rosto dela

Lorena deita sobre o corpo de Fábio, que com suas mãos foi delineando a cintura fina chegando aos quadris segurando com firmeza.

_Não me tente amor.....

_Por favor Fábio vamos esquecer tudo isso. Eu te amo como jamais pensei que pudesse amar alguém. Resisti a você por medo de te amar e ser magoada.

_Mas eu sempre te amei tanto, jamais te magoaria. Eu te quero mais do que tudo nesse mundo, esses dias eu tenho pensado em nós. E tudo o que passamos para chegar aqui, eu não vou desistir agora. Eu sei que você precisa estar com esse resultado nas mãos para não ficar com isso na cabeça.

_Sua palavra me basta.

_Para nós não basta.

Olha os traços do rosto daquele homem que tanto estava amando, sabia que ele tinha razão em agir daquele jeito. Encostou seus lábios sobre os dele apertando contra si, beijou com desejo, continha seu ímpeto para não ir mais longe, pois seu desejo primitivo aflorava. O toque das mãos nos seios provocava um arrepio incontrolável.

_Faça amor comigo Fábio.- Pedia ofegante

_Amanhã. Espero até amanhã e eu vou te faze sentir um prazer que você jamais pensou em sentir.

_Não vou aguentar

_Só ate amanhã e então você será minha.

Colocou a ao seu lado abraçando forte.

_Vamos dormir amor.

Levantar cedo era minha rotina, desde de que estavam juntos era difícil a separação, a custo eu levantava para trabalhar.
No final da tarde, Fábio a esperava como sempre na porta do colégio, caminharam juntos para a clinica, apenas Fábio entrou na sala, não queria demonstrar mais estava bem nervosa. Saiu com um envelope branco nas mãos, mostrou para Lorena.

_Quer ler agora ou depois? – Perguntou Ele foi seguro pela mão.

_Venha!

Lorena o conduzia para casa, praticamente corriam, a ansiedade era tanta que nada falaram durante o percurso todo. Entramos em casa afoitos, fechou a porta atrás de si, ficou olhando Fábio com o envelope na mão balançando na sua frente. Tomei de sua mão agarrando seu pescoço, beijava com paixão ardente aqueles lábios, não me contendo mais desabotoava os botões de sua camisa com tanta pressa que alguns chegaram a sair.

_Você não vai olhar?

_Eu vou olhar sim, mas primeiro eu quero você...

Fábio finalmente cedeu aos apelos não resistindo por mais tempo, retirava a camisa, desabotoava os botões do vestido deixando-o cair no chão, revelando seu corpo escultural, cheio de curvas, seios fartos e firmes que agora pediam com ansiedade pelo toque sutil de suas mãos. Sua boca ávida de paixão percorria o pescoço, os seios, o ombro até chegar e matar sua sede nos lábios que tanto ansiava.

Pegou a no colo levando para cama.

_Eu te desejo muito Lorena....-Dizia aquela voz rouca e firme.

_Venha saciar a sua vontade amor.....

Ele cedia calmamente aquele apelo, corria os dedos sobre meu corpo ardendo em brasa, um desejo que parecia não ter fim, chegando ao sexo como uma descarga elétrica fazendo estremecer o mais forte monte. Foi impossível segurar mais, o restante das roupas foi jogada longe, tomou os seios em sua boca sugando-os mamilos como se fossem duas joias preciosas, os dedos de Lorena roçavam as costas firmes dele apertando. Fábio respondeu aquele apelo num gemido, dando um beijo longo e selvagem.

Desejando-o mais do que sonhara ser capaz de querer um homem, Lorena puxou o contra o seu próprio corpo intensificando o beijo, as mãos dele estavam perdidas no meio dos cabelos fartos dela que agora soltos grudavam no seu rosto Lorena o incendiava de uma tal forma que não soubera como foi possível resistir tanto tempo por aquela mulher.

Lorena movia seu corpo excitando, Fábio ofegante segurava aquele corpo exuberante enquanto arremetia aos quadris sensualmente contra os dela, o prazer era tanto que só faltava a penetração para completar.

Ele deitou delicadamente na cama beijando cada parte do corpo de Lorena, chegou aos pés roçando sua língua delicadamente fazendo-a estremecer de loucura.

_Faça-me sua agora Fábio.

Mal conseguia falar, ele voltava pelo mesmo caminho fazendo com que o corpo dela arrepiar-se inteiro. Aos pouco foi afastando as coxas suaves dela e colocando as suas coxas fortes e masculinas mergulhados na hesitação foram esquecendo de qualquer pensamento que não fosse o prazer que sentiam. Olhava para aquele homem que a enlouquecia com seus carinhos ousados, sentia aquela mão grande percorrendo seu corpo chegando ao ventre macio e úmido desejoso.

Fábio começou a penetrá-la de maneira lenta e sensual arando a cada momento para melhor senti-la, a envolveu nos braços olhando-a.

_Sou toda sua.....- Com voz embargada dizia.

Fábio penetro-a por completo fazendo-a acompanhar num ritmo crescente, louco como um animal, gemia sentindo seus corpos viajarem juntos naquele momento de prazer inesgotável. O orgasmo era adiado para maior prazer de ambos.

Fábio olhava para aquela mulher em seus braços e pensava que jamais sentira em toda sua vida o que sentia naquele momento.

_Eu te amo Lorena. Desejo-te tanto.

_Não pare Fábio, não pare.

Ela gemia tão intensamente que fez com que ele sentisse o orgasmo chegando,m continha-se para que ela tivesse o prazer primeiro. Lorena não conseguia segurar-se por mais tempo e ambos sentiram chegar ao orgasmo juntos, aquela sensação que foi produzia mudava a feição deles, os olhos de Lorena faiscava ao olhar para Fábio,m apertou a contra seu peito beijando seus cabelos, procurou seus lábios com vontade.

_Lorena o que você fez comigo? Sentir o que eu senti é eu não sei se existem palavras para isso, é indescritível.

_Porque parou Fábio. Ele sorria acariciando seu rosto.

_Vamos te a vida toda para isso meu amor.

_E você acha que vai ser o suficiente? Eu não quero me separar de você Fábio. Aliais, quero partilhar com você a minha cama, a minha vida. Eu te quero amor de todas as formas.

_Sempre sonhei em ouvir tudo isso desses seus lábios.

_Beije-me de novo....

Diante daquele apelo Fábio não teve alternativa que não atendê-la, fizeram amor novamente porque o corpo de Lorena ardia ainda de prazer, queriam continuar e só pararam para preparar um jantar.

Enquanto Fábio estava na cozinha terminando de por a mesa, Lorena olhava o exame jogado no chão, pegou e abriu, resistia olhar o resultado. Parado na porta observando-a, ele foi chegando perto dela abraçando por trás e disse:

_Abra logo esse envelope amor! Não deixa a duvida no ar.

Resisti até que convencida abri, vi i resultado negativo como havia dado o meu.

_Mais calma agora? – Comenta ele

_Eu sabia que o resultado seria esse mas...

_Eu sei, não se preocupe em explicar-se, agora eu posso te amar mais ainda.

Virei para ele dizendo:

_Totalmente. – Seus olhos brilhavam quando encontrou os dele, o fogo da paixão ascendia. Fábio levou Lorena no colo para um banho com ele, demorado, sensual, erótico e tudo o mais que desejassem, enrolou a na toalha macia deitando-a na cama, cobriu de beijos o corpo ainda molhado passando a língua, os gemidos produzidos por ela mexiam com ele, fazendo com que intensificasse os gestos, mordia delicadamente seu pé, a perna, estava conhecendo cada parte do corpo daquela mulher. Fábio acomodou seu rosto entre as pernas abertas de Lorena fazendo a quase chegar a loucura máxima do prazer. Com delicadeza acariciou-lhe o sexo com a língua, Lorena podia sentir seu corpo vibrando da ponta dos pés ao último fio de cabelo, sentia o corpo todo pulsando.

_Isso meu amor, é só o começo. Quero conhecer cada pedacinho de você, explorar cada detalhe que encontrar.

_Continue Fábio, me faça sua.

Percebendo que não precisava de preliminares, penetrava-a com mais vontade e desejo, os quadris movimentaram-se tão rápido que o ritmo era frenético e louco, ambos em harmonia se entregavam ao prazer que aquela união lhes proporcionava.

Chega ao clímax muito tempo depois entre gemidos e gritos ofegantes de prazer. Abraçaram-se com um suspiro de total contentamento, desejo e paz.

_Nunca amei assim Lorena – Disse ofegante, apertando-a nos braços

_Eu também não.

_Nunca fiz amor com tanto prazer, eu já sonhei varias vezes que fazíamos amor, mas, a realidade superou minhas expectativas, minha doce Lorena. Você é agora minha mulher, somente minha.

_Meu querido se eu soubesse que a nossa vida junto, fosse dessa forma eu não teria resistido tanto a você.

_E você resistia?

_Sim, adorava sós seus beijos, me faziam sentir algo estranho por dentro.

_Eu adorava o chão que você pisava meu amor, eu te queria tanto que os dias de sofrimento foram recompensados. Lorena acariciava as coxas musculosas dele chegando ao sexo que podia prontamente atender ao seu apelo. Aquela noite foi a mais especial para os amantes, com o final do ano letivo, Fábio e Lorena voltaram para o Brasil para casarem-se.

Paco e Carmem foram os padrinhos, no dia de sua festa de casamento, conseguiram reunir todos os seus amigos e até alguns alunos de Lorena. O que menos ela esperava era encontrar o Henrique na festa sozinho, ele chegou perto de Lorena dizendo:

_Você esta cada vez mais bonita. A cada dia sua beleza fica insuperável.

Lorena vira-se para olhar ele de frente.

_Henrique, que bom te ver aqui! – Fala sorridente -

_Eu repito o mesmo.

_Onde está a Renata?

_Nos separamos faz pouco tempo, ela foi morar com os pais no interior, não quis ficar por aqui.

_Poxa Henrique eu sinto muito por vocês.

_O que te fez casar com o Fábio? Eu sempre o achei tão velho e ainda mais para você.

_Ele não é o que parece.

_Se eu soubesse Lorena que a mulher da minha vida estava tão perto e que agora eu a perdi.

Lorena não soube o que responder e, antes que o fizesse Henrique chega mais perto dela dizendo intimamente:

_Será que você ainda sente o mesmo que sentia antes por mim Lorena? Eu vejo nos olhos.....- antes que ele termine de falar, Lorena responde sem saber que Fábio estava logo atrás ouvindo tudo, seu coração batia descompassado com medo da resposta de Lorena.

_Amor é o que você vê nos meus olhos Henrique.

_Eu sabia Lorena....

_Mas não por você, eu não sei ao certo o que eu sentia antes por você, mas, não chega nem perto do que eu sinto pelo Fábio. Descobri nesses anos que todos os caminhos me apontavam para ele, apenas não enxergava, mas posso dizer que o destino as vezes tem uma forma cruel de nos jogar na cara que a pessoa que amamos está diante de nossos olhos.

_Eu pensei   ia dizendo ele mas foi interrompido novamente por Lorena.

_Não sei o que você pensou Henrique, eu agora sou casada e, muito bem casada e feliz. O que eu gostaria que você me dissesse era parabéns.

Ao terminar de falar sentiu a presença de alguém ao seu lado, ao se voltar vê Fábio chegar disfarçando não saber de nada.

_Como vai Henrique?

_Eu estava aqui...dando os parabéns para a Lorena, - Ele estende a mão para Fábio não acreditando que era a mesma pessoa – parabéns para vocês que sejam muito felizes.

_Obrigado Henrique. – Diz segurando sua mão – Eu não vejo sua esposa aqui.

_Ela não pode vir.

_Que pena, não é amor? – Dizia abraçando Lorena

_É sim, eu estava agora mesmo dizendo a ele como somos felizes e queríamos ver todos

felizes.

_É isso ai querida. – Fábio dá um sorriso para a esposa voltando para Henrique diz: -

Henrique eu espero que você seja tão feliz como eu sou. Ou melhor como nós somos.

_Fico feliz por vocês, se me dão licença, eu preciso ir. – saia deixando os dois sozinhos.

_Tem toda. – Responde – O que ele tem?

_Não sei e não estou nem um pouco interessada, mas, em você eu estou e muito. – Abraçava o marido levantando o pescoço para olhá-lo.

_Agora está interessada não é? – Brincava com ela

_Amor, vamos embora! Eu queria ficar sozinha com você.

_Eu também quero e muito.

_Você reparou como meu pai está feliz!

_Todos estão meu amor. A nossa felicidade está sendo passada para todos a nossa volta.

A vida de Fábio e Lorena foi o que sempre imaginaram que

seria se casassem com quem amasse. O amor entre ambos crescia a cada dia, Fábio pedi a ela que vendesse a casa que tinha na Espanha, não queria que ela tivesse mais nenhum vinculo com o passado, queria que tudo fosse esquecido, iam fazer uma nova vida juntos.

Quando Lorena descobriu que estava grávida levou Fábio aos céus por ser pai novamente. Estava sendo um homem completamente realizado e feliz.

Cedia sempre aos caprichos de sua mulher amada para que se sentisse feliz, Lorena deixou a Espanha para trás e suas lembranças, queria viver agora com o marido, continuou a dar aulas pois, era sua paixão, até o dia que foi para a maternidade dar a luz.

Fábio não se continha ao segura seu filho no colo, assistiu o parto ali ao lado dela segurando em sua mão firmemente, olhava para a esposa na cama deitada completamente esgotada.

_Amor ele é tão lindo quanto você.

_Não ele é como você. Olhos azuis iguais aos seus.

_Eu não sei lhe dizer em palavras como sou feliz amor. Você é tudo na minha vida, tudo o que sempre procurei e quis para mim.

_Você também sabe que é o homem da minha vida Fábio.

Ele chega perto da esposa tomando-a nos braços cobrindo-a de beijos, sentia o perfume de flores que Fábio fez questão de encher o quarto de Lorena, era o mesmo perfume que emanava dela, tocou de leve os lábio macios para depois se unirem num beijo de amor e paixão.

Um grande amor que agora podia tudo, porque o verdadeiro amor tudo pode e tudo conquista, não importando as barreiras no caminho.

FIM